LES
AUTEURS GRECS

EXPLIQUÉS D'APRÈS UNE MÉTHODE NOUVELLE

PAR DEUX TRADUCTIONS FRANÇAISES

L'UNE LITTÉRALE ET JUXTALINÉAIRE PRÉSENTANT LE MOT A MOT FRANÇAIS
EN REGARD DES MOTS GRECS CORRESPONDANTS
L'AUTRE CORRECTE ET PRÉCÉDÉE DU TEXTE GREC

avec des sommaires et des notes

PAR UNE SOCIÉTÉ DE PROFESSEURS

ET D'HELLÉNISTES

HOMÈRE

—

CHANTS XVII-XX DE L'ILIADE

EXPLIQUÉS LITTÉRALEMENT
TRADUITS EN FRANÇAIS ET ANNOTÉS

PAR M. C. LEPRÉVOST
Professeur au Lycée Bonaparte

PARIS

LIBRAIRIE DE L. HACHETTE ET Cie

RUE PIERRE-SARRAZIN, N° 14
(Quartier de l'École de Médecine)

LES
AUTEURS GRECS

EXPLIQUÉS D'APRÈS UNE MÉTHODE NOUVELLE

PAR DEUX TRADUCTIONS FRANÇAISES

Ces quatre chants de l'Iliade ont été expliqués littéralement, traduits en français et annotés par M. C. Leprévost, professeur au Lycée Bonaparte.

DE L'IMPRIMERIE DE CRAPELET, RUE DE VAUGIRARD, 9.

LES AUTEURS GRECS

EXPLIQUÉS D'APRÈS UNE MÉTHODE NOUVELLE

PAR DEUX TRADUCTIONS FRANÇAISES

L'UNE LITTÉRALE ET JUXTALINÉAIRE PRÉSENTANT LE MOT A MOT FRANÇAIS
EN REGARD DES MOTS GRECS CORRESPONDANTS
L'AUTRE CORRECTE ET PRÉCÉDÉE DU TEXTE GREC

avec des sommaires et des notes

PAR UNE SOCIÉTÉ DE PROFESSEURS

ET D'HELLÉNISTES

———

HOMÈRE

CHANTS DIX-SEPT A VINGT DE L'ILIADE

PARIS

LIBRAIRIE DE L. HACHETTE ET Cⁱᵉ

RUE PIERRE-SARRAZIN, Nᵒ 14

(Près l'École de Médecine)

—

1852

1851

AVIS

RELATIF A LA TRADUCTION JUXTALINÉAIRE.

On a réuni par des traits les mots français qui traduisent un seul mot grec.

On a imprimé en *italiques* les mots qu'il était nécessaire d'ajouter pour rendre intelligible la traduction littérale, et qui n'avaient pas leur équivalent dans le grec.

Enfin, les mots placés entre parenthèses doivent être considérés comme une seconde explication, plus intelligible que la version littérale.

ARGUMENT ANALYTIQUE

DU DIX-SEPTIÈME CHANT DE L'ILIADE.

Douleur de Ménélas, lorsqu'il apprend la mort de Patrocle. — Il s'avance pour protéger les restes inanimés de son ami. — Il immole Euphorbe, mais il est repoussé par le valeureux Hector, qui marche sous les auspices d'Apollon. — Ménélas en se retirant cherche Ajax de tous côtés, et, dès qu'il l'aperçoit, il l'invite à voler à la défense du corps de Patrocle. — Hector recule devant Ajax. — Reproches de Glaucus qui ramène au combat le héros troyen. — Hector revêt les armes d'Achille et excite ses guerriers à combattre. — De son côté Ménélas appelle auprès de lui les plus vaillants des Grecs. — Une lutte acharnée s'engage autour des restes de Patrocle. — Carnage affreux de part et d'autre. — Les coursiers d'Achille, éloignés du champ de bataille, pleurent la mort de Patrocle. — Jupiter leur inspire une force nouvelle; Automédon les ramène au combat. — Aussitôt le char est attaqué par Hector, par Énée et par d'autres guerriers. — Les chevaux, grâce à leur vitesse, échappent aux poursuites des Troyens. — Minerve souffle à Ménélas une généreuse ardeur. — Apollon ranime Hector, et Jupiter jette l'épouvante parmi les Grecs. — Exploits d'Hector. — Les Grecs plient. — Effroi d'Ajax; par ordre de ce héros, Ménélas envoie Antiloque annoncer à Achille la mort de Patrocle et la défaite des Grecs. — Ménélas et Mérion soulèvent le corps, et, protégés par les deux Ajax qui repoussent l'ennemi, ils le rapportent vers le camp.

ΟΜΗΡΟΥ

ΙΛΙΑΔΟΣ

ΡΑΨΩΔΙΑ Ρ.

———

ΑΡΙΣΤΕΙΑ ΜΕΝΕΛΑΟΥ.

Οὐδ' ἔλαθ' Ἀτρέος υἱὸν, Ἀρηΐφιλον Μενέλαον,
Πάτροκλος Τρώεσσι δαμεὶς ἐν δηϊοτῆτι.
Βῆ δὲ διὰ προμάχων, κεκορυθμένος αἴθοπι χαλκῷ·
ἀμφὶ δ' ἄρ' αὐτῷ βαῖν', ὥς τις περὶ πόρτακι μήτηρ,
πρωτοτόκος, κινυρὴ, οὐ πρὶν εἰδυῖα τόκοιο·   5
ὣς περὶ Πατρόκλῳ βαῖνε ξανθὸς Μενέλαος.
Πρόσθε δέ οἱ δόρυ τ' ἔσχε καὶ ἀσπίδα πάντοσ' ἐΐσην,
τὸν κτάμεναι μεμαὼς ὅστις τοῦγ' ἀντίος ἔλθοι.
Οὐδ' ἄρα Πάνθου υἱὸς ἐϋμμελίης ἀμέλησε

Le fils d'Atrée, Ménélas chéri de Mars, est informé que Patrocle a
péri dans la mélée sous les coups des Troyens. Il s'avance aux premiers rangs, couvert d'une brillante armure; il marche autour du
héros pour le protéger, comme on voit tourner autour de son jeune
veau la génisse éplorée, qui, mère pour la première fois, n'a point
encore connu les douleurs de l'enfantement : ainsi s'empressait autour
de Patrocle le blond Ménélas. Il présente en avant du cadavre et sa
lance et son bouclier bien arrondi, impatient d'immoler quiconque
s'avancerait contre lui. Mais le fils de Panthoüs, habile à manier la

L'ILIADE

D'HOMÈRE.

CHANT XVII.

—◆—

SUPÉRIORITÉ DE MÉNÉLAS.

Πάτροκλος δὲ δαμεὶς
Τρώεσσιν ἐν δηϊοτῆτι
οὐκ ἔλαθεν
υἱὸν Ἀτρέος,
Μενέλαον Ἀρηΐφιλον.
Βῆ δὲ
διὰ προμάχων,
κεκορυθμένος χαλκῷ αἴθοπι·
βαῖνε δὲ ἄρα
ἀμφὶ αὐτῷ,
ὥς τις μήτηρ περὶ πόρταχι,
πρωτοτόκος,
κινυρή,
οὐκ εἰδυῖα πρὶν
τόκοιο·
ὣς βαῖνε περὶ Πατρόκλῳ
ξανθὸς Μενέλαος.
Ἔσχε δὲ
πρόσθεν οἱ
δόρυ τε καὶ ἀσπίδα
ἐΐσην πάντοσε,
μεμαὼς κτάμεναι
τὸν ὅστις ἔλθοι
ἀντίος τοῦγε.
Υἱὸς δὲ ἄρα Πάνθου
ἐϋμμελίης
οὐκ ἀμέλησεν
ἀμύμονος Πατρόκλοιο

Or Patrocle ayant été dompté
par les Troyens dans le combat
ne fut point caché
au fils d'Atrée,
à Ménélas cher-à-Mars.
Mais il (Ménélas) alla
à travers les premiers-combattants,
armé d'un airain brillant;
et donc il allait
autour de lui *pour le protéger,*
comme une mère autour de *son* veau,
une mère ayant-mis-bas-pour-la-
toute-plaintive,   [première-fois,
n'ayant pas connu auparavant
l'enfantement :
ainsi marchait autour de Patrocle
le blond Ménélas.
Et il tint
en avant à lui (devant Patrocle)
et *sa* lance et *son* bouclier
égal de-tous-côtés,
impatient de tuer
celui qui viendrait
en-face-de (contre) celui-ci.
Et donc le fils de Panthoüs
habile-à-manier-la-lance
ne négligea (n'oublia) point
l'irréprochable Patrocle

Πατρόκλοιο πεσόντος ἀμύμονος· ἄγχι δ' ἄρ' αὐτοῦ   10
ἔστη, καὶ προσέειπεν Ἀρηΐφιλον Μενέλαον·
    « Ἀτρείδη Μενέλαε, Διοτρεφές, ὄρχαμε λαῶν,
χάζεο, λεῖπε δὲ νεκρὸν, ἔα δ' ἔναρα βροτόεντα·
οὐ γάρ τις πρότερος Τρώων κλειτῶν τ' ἐπικούρων
Πάτροκλον βάλε δουρὶ κατὰ κρατερὴν ὑσμίνην.   15
Τῷ με ἔα κλέος ἐσθλὸν ἐνὶ Τρώεσσιν ἀρέσθαι,
μή σε βάλω, ἀπὸ δὲ μελιηδέα θυμὸν ἕλωμαι. »
    Τὸν δὲ μέγ' ὀχθήσας προσέφη ξανθὸς Μενέλαος·
    « Ζεῦ πάτερ, οὐ μὲν καλὸν ὑπέρβιον εὐχετάασθαι.
Οὔτ' οὖν πορδάλιος τόσσον μένος, οὔτε λέοντος,   20
οὔτε συὸς κάπρου ὀλοόφρονος, οὔτε μέγιστος
θυμὸς ἐνὶ στήθεσσι πέρι σθένεϊ βλεμεαίνει,
ὅσσον Πάνθου υἷες ἐϋμμελίαι φρονέουσιν.
Οὐδὲ μὲν οὐδὲ βίη Ὑπερήνορος ἱπποδάμοιο
ἧς ἥβης ἀπόνηθ', ὅτε μ' ὤνατο, καί μ' ὑπέμεινε,   25

lance, n'a point oublié l'irréprochable Patrocle qu'il a vu succomber ; il s'approche et s'adresse en ces termes à Ménélas chéri de Mars :

« Ménélas, fils d'Atrée, élève de Jupiter, chef des peuples, recule ; abandonne ce cadavre et laisse-là ces dépouilles sanglantes ; car c'est moi qui le premier, parmi les Troyens et leurs illustres alliés, ai frappé Patrocle de ma lance dans la terrible mêlée. Aussi laisse-moi recueillir une noble gloire chez les Troyens, de peur que je ne te frappe et ne t'arrache une douce vie. »

Le blond Ménélas, enflammé de courroux, lui dit aussitôt :

« Souverain Jupiter, il est peu convenable d'afficher cet impudent orgueil. Ni la panthère, ni le lion, ni le sanglier destructeur, dont la fière poitrine est animée d'une force indomptable, n'ont cette audace que nourrissent dans leur cœur les fils de Panthoüs, habiles à manier la lance. Le valeureux Hypérénor, dompteur de coursiers, n'a pu jouir de sa florissante jeunesse, lorsqu'il osa m'outrager et m'attendre, en

πεσόντος·
ἔστη δὲ ἄρα ἄγχι αὐτοῦ,
καὶ προσέειπε
Μενέλαον Ἀρηΐφιλον·
« Μενέλαε Ἀτρείδη,
Διοτρεφὲς,
ὄρχαμε λαῶν,
χάζεο,
λεῖπε δὲ νεκρὸν,
ἐκ δὲ ἔναρα βροτόεντα·
οὔτις γὰρ Τρώων
ἐπικούρων τε κλειτῶν
πρότερος
βάλε Πάτροκλον δουρὶ
κατὰ ὑσμίνην κρατερήν.
Τῷ ἔα με
ἀρέσθαι ἐνὶ Τρώεσσιν
ἐσθλὸν κλέος,
μὴ βάλω σε,
ἀφέλωμαι δὲ
θυμὸν μελιηδέα. »
Ξανθὸς δὲ Μενέλαος
ὀχθήσας μέγα
προσέφη τόν·
« Ζεῦ πάτερ,
οὐ μὲν καλὸν
εὐχετάασθαι ὑπέρβιον.
Οὔτε οὖν μένος πορδάλιος,
οὔτε λέοντος,
οὔτε συὸς κάπρου ὀλοόφρονος,
οὔτε θυμὸς μέγιστος
βλεμεαίνει περὶ σθένεϊ
ἐνὶ στήθεσσι,
τόσσον,
ὅσσον φρονέουσιν υἷες Πάνθου
ἐϋμμελίαι.
Βίη δὲ μὲν Ὑπερήνορος
ἱπποδάμοιο
οὐκ ἀπόνητο οὐδὲ ἧς ἥβης,
ὅτε ὤνατό με,

étant tombé *dans le combat ;*
et donc il se tint près de lui,
et adressa-la-parole
à Ménélas cher-à-Mars :
« Ménélas fils-d'Atrée,
élevé-par-Jupiter,
chef des peuples,
retire-toi,
et abandonne le mort,
et laisse-là *ces* dépouilles sanglantes ;
car aucun des Troyens
et des alliés illustres
antérieur à (avant) *moi*
n'a frappé Patrocle de *sa* lance
dans le combat violent.
C'est-pourquoi laisse-moi
prendre *pour moi* parmi les Troyens
une noble gloire,
de peur que je ne frappe toi,
et *ne* l'arrache
la vie douce-comme-le-miel. »
Mais le blond Ménélas
s'étant indigné grandement
adressa-la-parole-à lui :
« Jupiter père (auguste),
il n'est certes pas beau
de se glorifier outre-mesure.
Et donc ni la fierté de la panthère,
ni *celle* du lion,
ni *celle* du porc sanglier pernicieux,
dont le courage très-grand   [force
est-orgueilleux excessivement de *sa*
dans *sa* poitrine,
n'est aussi-grande,
que *la* conçoivent les fils de Pànthoüs
habiles-à-manier-la-lance.
Or la force d'Hypérénor
dompteur-de-chevaux
n'a pas joui non plus de sa jeunesse,
quand il injuria moi,

καί μ' ἔφατ' ἐν Δαναοῖσιν ἐλέγχιστον πολεμιστὴν
ἔμμεναι· οὐδέ ἕ φημι, πόδεσσί γε οἷσι κιόντα,
εὐφρῆναι ἄλοχόν τε φίλην κεδνούς τε τοκῆας.
Ὥς θην καὶ σὸν ἐγὼ λύσω μένος, εἴ κέ μευ ἄντα
στήῃς. Ἀλλά σ' ἔγωγ' ἀναχωρήσαντα κελεύω　　　　30
ἐς πληθὺν ἰέναι, μηδ' ἀντίος ἵστασ' ἐμεῖο,
πρίν τι κακὸν παθέειν· ῥεχθὲν δέ τε νήπιος ἔγνω¹. »

Ὥς φάτο, τὸν δ' οὐ πεῖθεν· ἀμειβόμενος δὲ προσηύδα·
« Νῦν μὲν δή, Μενέλαε Διοτρεφὲς, ἦ μάλα τίσεις
γνωτὸν ἐμὸν, τὸν ἔπεφνες, ἐπευχόμενος δ' ἀγορεύεις·　　　35
χήρωσας δὲ γυναῖκα μυχῷ θαλάμοιο νέοιο,
ἀρητὸν δὲ τοκεῦσι γόον καὶ πένθος ἔθηκας.
Ἦ κέ σφιν δειλοῖσι γόου κατάπαυμα γενοίμην,
εἴ κεν ἐγὼ κεφαλήν τε τεὴν καὶ τεύχε' ἐνείκας,
Πάνθῳ ἐν χείρεσσι βάλω καὶ Φρόντιδι δίῃ.　　　　40

disant que j'étais le plus lâche des Grecs ; et je ne pense pas que par son retour il ait comblé de joie son épouse chérie et ses vénérables parents : de même aussi je briseral ta force, si tu restes encore en face de moi. Pour moi, je t'engage à te retirer et à rentrer dans la foule ; renonce à me tenir tête, avant que quelque malheur fonde sur toi ; mais l'insensé ne s'instruit que par les événements. »

Ces paroles ne persuadent point Euphorbe, qui réplique en ces termes :

« Ménélas, élève de Jupiter, tu vas expier aujourd'hui le meurtre de mon frère, dont la mort est pour toi l'objet d'un vain orgueil. Tu as rendu veuve son épouse, dans le réduit de sa chambre nuptiale encore toute nouvelle, et tu as plongé ses parents dans l'horreur du deuil et dans la désolation. Certes, je mettrais un terme à la douleur de ces infortunés, si, rapportant ta tête et tes armes, je les déposais entre les mains de Panthoüs et de la divine Phrontis. Mais je ne

καὶ ὑπέμεινέ με,	et attendit moi,
καὶ ἐρατό με ἔμμεναι	et dit moi être
πολεμιστὴν ἐλέγχιστον	le guerrier le plus déshonoré
ἐν Δαναοῖσιν·	parmi les Grecs ;
οὐδέ φημί ἑ,	et je ne dis (pense) pas lui
κιόντα γε	étant revenu du moins
οἷσι πόδεσσιν,	de ses propres pieds,
εὐφρῆναι ἄλοχόν τε φίλην	avoir réjoui et son épouse chérie
τοκῆάς τε κεδνούς.	et ses parents respectables.
Ὣς θην ἐγὼ καὶ	De même certes moi aussi
λύσω σὸν μένος,	je briserai ta fierté,
εἴ κε στήῃς ἄντα μευ.	si tu te tiens en-face-de moi.
Ἀλλὰ ἔγωγε κελεύω	Mais moi-du-moins je conseille
σε ἀναχωρήσαντα	toi t'étant retiré
ἰέναι ἐς πληθύν,	aller dans la foule, [(éloigne-toi)
μηδὲ ἵστασο ἀντίος ἐμεῖο,	et ne t'arrête pas en-face-de moi
πρὶν παθέειν	avant d'avoir souffert
τι κακόν·	quelque chose de mal ;
νήπιος δέ τε	mais l'insensé
ἔγνω ῥεχθέν. »	connaît seulement la chose faite. »
Φάτο ὥς,	Il parla ainsi,
οὐ πεῖθε δὲ τόν·	mais il ne persuada pas lui ;
ἀμειβόμενος δὲ προσηύδα·	et celui-ci répondant dit-à lui :
« Νῦν μὲν δή,	« Maintenant à la vérité,
Μενέλαε Διοτρεφές,	Ménélas élevé-par-Jupiter,
τίσεις ἦ μάλα	tu payeras certes tout-à-fait
ἐμὸν γνωτόν,	mon frère (la mort de mon frère),
τὸν ἔπεφνες·	lequel tu as tué ;
ἀγορεύεις δὲ ἐπευχόμενος·	et tu parles en te glorifiant ;
χηρώσας δὲ γυναῖκα	or tu as rendu-veuve son épouse
μυχῷ	dans le fond
νέοιο θαλάμοιο,	de sa nouvelle chambre-nuptiale,
ἔθηκας δὲ τοκεῦσι	et tu as causé à ses parents
γόον καὶ πένθος ἀρητόν.	un deuil et un chagrin affreux.
Ἦ κε γενοίμην κατάπαυμα ; ἰοῦ	Certes je serais fin du (je mettrais fin
σφιν δειλοῖσιν,	à eux infortunés, [(au) deuil
εἰ ἐγὼ ἐνείκας	si moi ayant rapporté
τεήν τε κεφαλὴν καὶ τεύχεα,	et ta tête et les armes,
βάλω ἐν χείρεσσι	je les remettais dans les mains
Πάνθῳ καὶ δίῃ Φρόντιδι.	à Panthoüs et à la divine Phrontis.

Ἀλλ' οὐ μὰν ἔτι δηρὸν ἀπείρητος πόνος ἔσται,
οὐδέ τ' ἀδήριτος, ἤτ' ἀλκῆς, ἤτε φόβοιο. »

    Ὣς εἰπὼν, οὔτησε κατ' ἀσπίδα πάντοσ' ἐίσην·
οὐδ' ἔρρηξεν χαλκόν· ἀνεγνάμφθη δέ οἱ αἰχμὴ
ἀσπίδ' ἐνὶ κρατερῇ. Ὁ δὲ δεύτερος ὤρνυτο χαλκῷ   45
Ἀτρείδης Μενέλαος, ἐπευξάμενος Διῒ πατρί.
Ἂψ δ' ἀναχαζομένοιο, κατὰ στομάχοιο θέμεθλα [1]
νύξ', ἐπὶ δ' αὐτὸς ἔρεισε, βαρείῃ χειρὶ πιθήσας·
ἀντικρὺ δ' ἁπαλοῖο δι' αὐχένος ἦλυθ' ἀκωκή.
Δούπησεν δὲ πεσὼν, ἀράβησε δὲ τεύχε' ἐπ' αὐτῷ.   50
Αἵματί οἱ δεύοντο κόμαι, Χαρίτεσσιν ὁμοῖαι,
πλοχμοί θ', οἳ χρυσῷ τε καὶ ἀργύρῳ ἐσφήκωντο.
Οἷον δὲ τρέφει ἔρνος [2] ἀνὴρ ἐριθηλὲς ἐλαίης
χώρῳ ἐν οἰοπόλῳ, ὅθ' ἅλις ἀναβέβρυχεν ὕδωρ,
καλὸν, τηλεθάον, τὸ δέ τε πνοιαὶ δονέουσι   55
παντοίων ἀνέμων, καί τε βρύει ἄνθεϊ λευκῷ·
ἐλθὼν δ' ἐξαπίνης ἄνεμος σὺν λαίλαπι πολλῇ

reux pas différer plus longtemps l'attaque, et l'on verra qui de nous
deux sera vainqueur ou vaincu. »

A ces mots, il frappe le bouclier bien arrondi de son ennemi ; mais
il ne rompt pas l'airain ; car la pointe de sa lance se recourbe dans le
solide bouclier. Ménélas, fils d'Atrée, s'élance à son tour, un glaive à
la main, après avoir imploré le souverain Jupiter. Au moment où
Euphorbe recule, il le frappe, et, plein de confiance dans la vigueur
de son bras, il lui enfonce le fer au fond de la gorge ; la pointe traverse aussitôt le cou tendre du guerrier. Il tombe avec fracas, et ses
armes retentissent autour de lui ; le sang inonde sa chevelure, semblable à celle des Grâces, et ses tresses que retiennent attachées des
anneaux d'or et d'argent. Comme un jeune plant d'olivier, qu'un
homme élève avec soin dans un lieu solitaire d'où jaillit une source
abondante, se dresse magnifique, étale un verdoyant feuillage, et,
caressé par le souffle de tous les vents, se couvre de blanches fleurs ;
mais soudain les autans, se déchaînant avec fureur, le déracinent et

Ἀλλὰ πόνος
Mais le travail (le combat)

οὐκ ἔσται μὰν ἔτι δηρὸν
ne sera plus certainement longtemps

ἀπείρητος· οὐδέ τε ἀδήριτος,
non-essayé et non-débattu,

ἤτε ἀλκῆς,
soit de (pour) la victoire

ἤτε φόβοιο. »
soit de (pour) la peur (la fuite). »

Εἰπὼν ὣς, οὔτησε
Ayant dit ainsi, il le frappa

κατὰ ἀσπίδα ἔϊσην πάντοσε·
sur son bouclier égal de-tous-côtés;

οὐδὲ ἔῤῥηξε χαλκόν·
et il ne brisa point l'airain;

αἰχμὴ δέ οἱ
car la pointe de la lance à lui

ἀνεγνάμφθη ἐνὶ ἀσπίδι κρατερῆ.
fut recourbée dans le bouclier solide.

Ὁ δὲ Μενέλαος· Ἀτρείδης
Mais Ménélas fils-d'Atrée

ὤρνυτο δεύτερος,
s'élança le second (ensuite)

χαλκῷ,
avec l'airain,

ἐπευξάμενος Διῒ πατρί·
ayant prié Jupiter père des hommes;

ἀναχαζομένοιο δὲ ἄψ,
et Euphorbe se retirant en arrière,

νύξε κατὰ θέμεθλα στομάχοιο,
il le frappa dans le fond de la gorge,

αὐτὸς δὲ ἐπέρεισε,
et lui-même appuya-fortement,

πιθήσας·
ayant-confiance

χειρὶ βαρείη·
dans sa main robuste;

ἀχωκὴ δὲ ἤλυθεν ἀντικρὺ
et la pointe alla (ressortit) par-devant

διὰ αὐχένος ἀπαλοῖο.
à travers le cou tendre.

Δούπησε δὲ πεσὼν,
Et il résonna étant tombé,

τεύχεα δὲ ἀράβησεν ἐπὶ αὐτῷ.
et ses armes retentirent sur lui.

Κόμαι οἱ,
Les cheveux à lui,

ὁμοῖαι Χαρίτεσσι,
semblables aux (à ceux des) Grâces,

πλοχμοί τε, οἳ ἐσφήκωντο
et ses tresses, qui avaient été serrées

χρυσῷ τε καὶ ἀργύρῳ,
et par l'or et par l'argent,

δεύοντο αἵματι.
étaient mouillés de sang.

Οἷον δὲ ἀνὴρ τρέφει
Or tel qu'un homme nourrit (élève)

ἔρνος ἐλαίης ἐριθηλὲς
un rejeton d'olivier très-fleuri

ἐν χώρῳ οἰοπόλῳ,
dans un endroit solitaire,

ὅθι ὕδωρ ἀναβέβρυχεν ἅλις,
où l'eau jaillit abondamment,

καλὸν, τηλεθάον,
arbre beau, verdissant,

πνοιαὶ δέ τε ἀνέμων παντοίων
et les souffles de vents différents

δονέουσι τὸ,
agitent celui-ci,

καί τε βρύει
et aussi il se couvre-de-végétation

ἀνθεῖ λευκῷ·
par une fleur blanche;

ἐξαπίνης δὲ ἄνεμος ἐλθὼν
mais soudain un vent étant venu

σὺν πολλῇ λαίλαπι
avec un grand tourbillon

ἐξέστρεψέ τε βόθρου
et l'a arraché-de son trou

βόθρου τ' ἐξέστρεψε καὶ ἐξετάνυσσ' ἐπὶ γαίῃ·
τοῖον Πάνθου υἱὸν ἐϋμμελίην Εὔφορβον
Ἀτρείδης Μενέλαος ἐπεὶ κτάνε, τεύχε' ἐσύλα.   60

    Ὡς δ' ὅτε τίς τε λέων ὀρεσίτροφος, ἀλκὶ πεποιθὼς,
βοσκομένης ἀγέλης βοῦν ἁρπάσῃ, ἥτις ἀρίστη·
τῆς δ' ἐξ αὐχέν' ἔαξε, λαβὼν κρατεροῖσιν ὀδοῦσι,
πρῶτον, ἔπειτα δέ θ' αἷμα καὶ ἔγκατα πάντα λαφύσσει,
δῃῶν· ἀμφὶ δὲ τόνγε κύνες ἄνδρες τε νομῆες   65
πολλὰ μάλ' ἰύζουσιν ἀπόπροθεν, οὐδ' ἐθέλουσιν
ἀντίον ἐλθέμεναι· μάλα γὰρ χλωρὸν δέος αἱρεῖ·
ὣς τῶν οὔτινι θυμὸς ἐνὶ στήθεσσιν ἐτόλμα
ἀντίον ἐλθέμεναι Μενελάου κυδαλίμοιο.
    Ἔνθα κε ῥεῖα φέροι κλυτὰ τεύχεα Πανθοίδαο   70
Ἀτρείδης, εἰ μή οἱ ἀγάσσατο Φοῖβος Ἀπόλλων,
ὅς ῥά οἱ Ἕκτορ' ἐπῶρσε, θοῷ ἀτάλαντον Ἄρηϊ,
ἀνέρι εἰσάμενος, Κικόνων ἡγήτορι Μέντῃ·
καί μιν φωνήσας ἔπεα πτερόεντα προσηύδα·
    « Ἕκτορ, νῦν σὺ μὲν ὧδε θέεις, ἀκίχητα διώκων,   75

l'étendent sur le sol : tel le fils de Panthoüs, Euphorbe habile à manier la lance, tombe sous les coups de Ménélas qui le dépouille de ses
armes.

Lorsqu'un lion, nourri dans les montagnes, a, tout fier de sa force,
ravi la plus belle génisse du troupeau, il lui brise d'abord le cou qu'il
a saisi de ses fortes dents, puis, la déchirant, il se repaît de son sang
et de ses entrailles; autour de lui les chiens et les bergers poussent
de loin d'effroyables cris, mais ils n'osent point venir l'attaquer;
car la pâle crainte a glacé leurs membres : de même aucun guerrier
troyen ne se sent l'audace de marcher contre le glorieux Ménélas.
Alors le fils d'Atrée aurait facilement enlevé les armes illustres d'Euphorbe, si le brillant Apollon, par un sentiment jaloux, ne fût venu
exciter contre lui Hector, semblable à l'impétueux Mars; le dieu
avait pris les traits d'un guerrier, de Mentès, chef des Ciconiens; et
il adresse à Hector ces paroles qui volent rapides :

« Hector, c'est en vain que, dans ta course, tu poursuis les che-

καὶ ἐξετάνυσσεν ἐπὶ γαίῃ·
et l'a étendu sur la terre :

τοῖον ἐπεὶ Μενέλαος Ἀτρείδης
tel lorsque Ménélas fils-d'Atrée

κτάνεν Εὔφορβον υἱὸν Πάνθου
eut tué-Euphorbe fils de Panthoüs

εὐμμελίην,
habile-à-manier-la-lance,

ἐσύλα τεύχεα.
il lui enlevait *ses* armes.

Ὡς δὲ ὅτε
Or comme lorsque

τίς τε λέων ὀρεσίτροφος,
un lion nourri-dans-les-montagnes,

πεποιθὼς ἀλκὶ,
ayant-confiance dans *sa* force,

ἁρπάσῃ βοῦν, ἥτις ἀρίστη
a ravi la génisse, qui *est* la plus belle

ἀγέλης βοσκομένης·
du troupeau paissant ;

πρῶτον δὲ ἐξέαξεν
et d'abord il a brisé

αὐχένα τῆς,
le cou de celle-ci,

λαβὼν ὀδοῦσι κρατεροῖσιν,
l'ayant prise de *ses* dents fortes,

ἔπειτα δέ τε, δαρῶν,
et ensuite, *la* déchirant,

λαφύσσει αἷμα
il avale le sang

καὶ πάντα ἔγκατα·
et toutes les entrailles ;

ἀμφὶ δὲ τόνγε
et autour de lui

κύνες ἄνδρες τε νομῆες
les chiens et les hommes bergers

ἰύζουσιν ἀπόπροθεν μάλα πολλὰ,
crient de loin très-souvent,

οὐδὲ ἐθέλουσιν
et ils ne veulent (n'osent) pas

ἐλθέμεναι ἀντίον·
aller en face ;

δέος γὰρ χλωρὸν
car une crainte pâle

αἱρεῖ μάλα·
s'empare d'*eux* fortement :

ὣς οὔτινι τῶν
ainsi à aucun d'eux

θυμὸς ἐνὶ στήθεσσιν
le cœur dans la poitrine

ἐτόλμα ἐλθέμεναι ἀντίον
n'osait aller en face

κυδαλίμοιο Μενελάου.
du glorieux Ménélas.

Ἔνθα Ἀτρείδης
Alors le fils-d'Atrée

φέροι κε ῥεῖα
eût emporté facilement

τεύχεα κλυτὰ
les armes illustres

Πανθοΐδαο,
du fils-de-Panthoüs,

εἰ Φοῖβος Ἀπόλλων
si Phébus Apollon

μὴ ἀγάσσατό οἱ,
n'eût porté-envie à lui,

ὅς ῥα ἐπῶρσέν οἱ
lequel (Apollon) excita-contre lui

Ἕκτορα, ἀτάλαντον Ἄρεϊ θοῷ,
Hector, semblable à Mars rapide,

εἰσάμενος ἀνέρι,
s'étant assimilé à un homme,

Μέντῃ ἡγήτορι Κικόνων·
à Mentès chef des Ciconiens ;

καὶ φωνήσας προσηύδα μιν
et ayant parlé il dit-à lui

ἔπεα πτερόεντα·
ces paroles ailées :

« Ἕκτορ, νῦν σὺ μὲν
« Hector, maintenant toi à la vérité

Ἵππους Αἰακίδαο δαΐφρονος· οἱ δ' ἀλεγεινοὶ
ἀνδράσι γε θνητοῖσι δαμήμεναι ἠδ' ὀχέεσθαι,
ἄλλῳ γ' ἢ Ἀχιλῆϊ, τὸν ἀθανάτη τέκε μήτηρ.
Τόφρα δέ τοι Μενέλαος Ἀρήϊος, Ἀτρέος υἱὸς,
Πατρόκλῳ περιβὰς, Τρώων τὸν ἄριστον ἔπεφνε,   80
Πανθοΐδην Εὔφορβον, ἔπαυσε δὲ θούριδος ἀλκῆς. »

    Ὣς εἰπὼν, ὁ μὲν αὖτις ἔβη θεὸς ἂμ πόνον ἀνδρῶν·
Ἕκτορα δ' αἰνὸν ἄχος πύκασε φρένας ἀμφιμελαίνας.
Πάπτηνεν δ' ἄρ' ἔπειτα κατὰ στίχας· αὐτίκα δ' ἔγνω
τὸν μὲν ἀπαινύμενον κλυτὰ τεύχεα, τὸν δ' ἐπὶ γαίῃ
κείμενον· ἔρρει δ' αἷμα κατ' οὐταμένην ὠτειλήν.
Βῆ δὲ διὰ προμάχων, κεκορυθμένος αἴθοπι χαλκῷ,
ὀξέα κεκληγὼς, φλογὶ εἴκελος Ἡφαίστοιο
ἀσβέστῳ· οὐδ' υἱὸν λάθεν Ἀτρέος ὀξὺ βοήσας·

raux du belliqueux Éacide. Aucun mortel ne saurait les dompter ni
les conduire; ils n'obéissent qu'à Achille, fils d'une immortelle. Le
fils d'Atrée, le belliqueux Ménélas, en combattant autour de Patrocle, vient d'immoler le plus brave des Troyens, Euphorbe, fils de
Panthoüs, et d'éteindre son impétueuse ardeur. »

    A ces mots, le dieu rentre dans la foule des guerriers; une sombre
et triste douleur se répand dans l'âme d'Hector. Le héros promène
ses regards sur les bataillons, et aperçoit aussitôt Ménélas dépouillant
son ennemi de sa brillante armure, et Euphorbe étendu sur la terre;
le sang coulait de sa large blessure. Alors, couvert d'une cuirasse
étincelante, il s'avance aux premiers rangs, poussant des cris affreux,
semblable à la flamme inextinguible de Vulcain. Sa voix retentissante

θέεις ὧδε,	tu cours ainsi,
διώκων	poursuivant
ἀκίχητα,	ce-que-tu-ne-peux-atteindre,
ἵππους δαΐφρονος Αἰακίδαο·	les chevaux du belliqueux Éacide ;
οἱ δὲ δυσγεινοὶ	or ceux-ci sont difficiles
ἀνδράσι θνητοῖσί γε	pour les hommes mortels du moins
δαμήμεναι ἠδὲ ὀχέεσθαι,	à être domptés et à être montés,
ἄλλῳ γε	pour un autre du moins
ἢ Ἀχιλῆϊ,	que pour Achille,
τὸν μήτηρ ἀθανάτη τέκε.	qu'une mère immortelle enfanta.
Τόφρα δὲ	Mais pendant-ce-temps
Μενέλαος Ἀρήϊος, υἱὸς Ἀτρέος,	Ménélas martial, fils d'Atrée,
περιβὰς Πατρόκλῳ,	allant-autour de Patrocle,
ἔπεφνε τὸν ἄριστον Τρώων,	a tué le plus courageux des Troyens,
Εὔφορβον Πανθοΐδην,	Euphorbe fils-de-Panthoüs,
ἔπαυσε δὲ	et l'a fait-désister
ἀλκῆς θούριδος. »	de sa force impétueuse. »
Εἰπὼν ὧς,	Ayant dit ainsi,
ὁ θεὸς μὲν ἔβη αὖτις	le dieu à la vérité alla de nouveau
ἂμ πόνον	à travers le travail (le combat)
ἀνδρῶν ·	des hommes ;
ἄχος δὲ αἰνὸν	et une douleur terrible
πύκασεν Ἕκτορα	voila (enveloppa) Hector
φρένας	quant au diaphragme
ἀμφιμελαίνας.	noir-tout-autour.
Ἔπειτα δὲ ἄρα πάπτηνε	Or donc ensuite il regarda partout
κατὰ στίχας·	dans les rangs ;
αὐτίκα δὲ ἔγνω	et aussitôt il reconnut
τὸν μὲν ἀπαινύμενον	l'un enlevant
τεύχεα κλυτά,	les armes illustres,
τὸν δὲ κείμενον ἐπὶ γαίῃ·	l'autre gisant sur la terre ;
αἷμα δὲ ἔρρει	et le sang coulait
κατὰ ὠτειλὴν οὐταμένην.	de la blessure percée (faite).
Βῆ δὲ	Et il alla
διὰ προμάχων,	à travers les premiers-combattants,
κεκορυθμένος χαλκῷ αἴθοπι,	armé de l'airain étincelant,
κεκληγὼς ὀξέα,	poussant-des-cris aigus,
εἴκελος φλογὶ ἀσβέστῳ	semblable à la flamme inextinguible
Ἡφαίστοιο·	de Vulcain ;
οὐδὲ λάθεν υἱὸν Ἀτρέος	et il n'échappa point au fils d'Atrée

ὀχθήσας δ' ἄρα εἶπε πρὸς ὃν μεγαλήτορα θυμόν· 90

« Ὤ μοι ἐγὼν, εἰ μέν κε λίπω κάτα τεύχεα καλὰ,
Πάτροκλόν θ', ὃς κεῖται ἐμῆς ἕνεκ' ἐνθάδε τιμῆς,
μήτις μοι Δαναῶν νεμεσήσεται, ὅς κεν ἴδηται.
Εἰ δέ κεν Ἕκτορι μοῦνος ἐὼν καὶ Τρωσὶ μάχωμαι
αἰδεσθεὶς, μήπως με περιστήωσ' ἕνα πολλοί. 95
Τρῶας δ' ἐνθάδε πάντας ἄγει κορυθαίολος Ἕκτωρ.
Ἀλλὰ τίη μοι ταῦτα φίλος διελέξατο θυμός;
Ὁππότ' ἀνὴρ ἐθέλῃ πρὸς δαίμονα φωτὶ μάχεσθαι,
ὅν κε θεὸς τιμᾷ, τάχα οἱ μέγα πῆμα κυλίσθη.
Τῷ μ' οὔτις Δαναῶν νεμεσήσεται, ὅς κεν ἴδηται 100
Ἕκτορι χωρήσαντ', ἐπεὶ ἐκ θεόφιν πολεμίζει.
Εἰ δέ που Αἴαντός γε βοὴν ἀγαθοῖο πυθοίμην,
ἄμφω κ' αὖτις ἰόντες ἐπιμνησαίμεθα χάρμης,

est reconnue de Ménélas, qui gémit et se dit en son cœur magna
nime :

« Malheureux que je suis! Si j'abandonne ces belles armes et le corps de Patrocle qui a succombé pour venger mon honneur, je crains que les Grecs, en me voyant fuir, ne s'irritent contre moi. Si au contraire, pour échapper à la honte, je combats seul Hector et les Troyens, je serai bientôt enveloppé par le nombre; car Hector au casque étincelant conduit ici tous les Troyens. Mais pourquoi délibérer ainsi dans mon cœur? Lorsqu'un guerrier veut combattre un mortel qu'honore une divinité, il voit bientôt fondre sur lui un grand malheur. Non, aucun des Grecs ne s'irritera contre moi, si je recule devant Hector, puisqu'il combat sous la protection d'un dieu. Ah ! si je pourrais du moins entendre la voix du valeureux Ajax, tous deux alors, retournant au combat, nous irions lutter, fût-ce même contre

βοήσας ὀξύ·	ayant poussé-un-cri aigu ;
ὀχθήσας δὲ ἄρα	et *celui-ci* donc ayant gémi
εἶπε πρὸς ὃν θυμὸν μεγαλήτορα·	dit à (en) son cœur magnanime :
« Ὤ μοι ἐγὼν,	« Hélas à moi ! moi-*même*,
εἰ μέν κε καταλίπω	si à la vérité j'aurai abandonné
τεύχεα καλὰ,	les armes belles,
Πάτροκλόν τε, ὃς κεῖται ἐνθάδε	et Patrocle, lequel gît ici
ἕνεκα ἐμῆς τιμῆς,	à cause de mon honneur,
μήτις Ἀχναῶν,	*je crains* que-quelqu'un des Grecs,
ὅς κεν ἴδηται,	qui m'aura vu,
νεμεσήσεταί μοι.	ne s'irrite contre moi.
Εἰ δὲ αἰδεσθεὶς	Et si ayant-de-la-honte
κε μάχωμαι ἐὼν μοῦνος·	je combats étant seul
Ἕκτορι καὶ Τρωσὶ,	avec Hector et les Troyens,
μήπως πολλοὶ	*je crains* que *étant* nombreux
περιστήωσί μέ ἕνα·	ils n'entourent moi *qui suis* seul ;
Ἕκτωρ δὲ κορυθαίολος	or Hector au-casque-varié
ἄγει ἐνθάδε πάντας Τρῶας.	conduit ici tous les Troyens.
Ἀλλὰ τίη θυμὸς φίλος μοι	Mais pourquoi le cœur chéri à moi
διελέξατο ταῦτα ;	a-t-il dit-en-lui-même ces choses ?
Ὁπότε ἀνὴρ ἐθέλῃ	Lorsqu'un homme veut
πρὸς δαίμονα	malgré une divinité
μάχεσθαι φωτὶ,	combattre avec un mortel,
ὃν θεός κε τιμᾷ,	qu'un dieu honore,
τάχα μέγα πῆμα	bientôt une grande calamité
κυλίσθη οἱ.	a roulé (fond) sur lui.
Τῷ οὔτις Ἀχαιῶν,	C'est pourquoi aucun des Grecs,
ὅς κεν ἴδηται	qui m'aura vu
χωρήσαντα Ἕκτορι,	ayant cédé à Hector,
νεμεσήσεταί μοι,	ne s'irritera contre moi,
ἐπεὶ πολεμίζει	puisqu'il combat
ἐκ θεόφιν.	d'après *la volonté* d'un dieu.
Εἰ δέ γε	Mais si du moins
πυθοίμην που	je pourrais-entendre quelque part
Αἴαντος ἀγαθοῖο βοὴν,	Ajax brave au combat,
ἄμφω κεν ἐπιμνησαίμεθα	tous-deux nous nous soutiendrions
χάρμης	de la guerre
ἰόντες αὖτις,	y étant allés de nouveau,
καίπερ πρὸς δαίμονα,	quoique malgré une divinité.
εἴ πως	pour voir si de-quelque-manière

καὶ πρὸς δαίμονά περ, εἴ πως ἐρυσαίμεθα νεκρὸ
Πηλείδῃ Ἀχιλῆι· κακῶν δέ κε φέρτατον εἴη. »   105

    Ἕως ὁ ταῦθ' ὥρμαινε κατὰ φρένα καὶ κατὰ θυμὸν,
τόφρα δ' ἐπὶ Τρώων στίχες ἤλυθον· ἦρχε δ' ἄρ' Ἕκτωρ.
Αὐτὰρ ὅγ' ἐξοπίσω ἀνεχάζετο, λεῖπε δὲ νεκρὸν,
ἐντροπαλιζόμενος· ὥστε λῖς ἠϋγένειος,
ὅν ῥα κύνες τε καὶ ἄνδρες ἀπὸ σταθμοῖο δίωνται   110
ἔγχεσι καὶ φωνῇ· τοῦ δ' ἐν φρεσὶν ἄλκιμον ἦτορ
παχνοῦται, ἀέκων δέ τ' ἔβη ἀπὸ μεσσαύλοιο·
ὡς ἀπὸ Πατρόκλοιο κίε ξανθὸς Μενέλαος.
Στῆ δὲ μεταστρεφθείς, ἐπεὶ ἵκετο ἔθνος ἑταίρων,
παπταίνων Αἴαντα μέγαν, Τελαμώνιον υἱόν·   115
τὸν δὲ μάλ' αἶψ' ἐνόησε μάχης ἐπ' ἀριστερὰ πάσης,
θαρσύνονθ' ἑτάρους καὶ ἐποτρύνοντα μάχεσθαι·
θεσπέσιον γάρ σφιν φόβον ἔμβαλε Φοῖβος Ἀπόλλων.
Βῆ δὲ θέειν, εἶθαρ δὲ παριστάμενος ἔπος ηὔδα·

un dieu, pour rendre à Achille, fils de Pélée, les restes de son ami ;
ce serait un adoucissement à tant d'infortunes. »

Tandis qu'il agite ces pensées dans son esprit et dans son cœur, les
phalanges troyennes arrivent, Hector à leur tête. Ménélas se retire et
abandonne le corps de Patrocle, tournant souvent ses regards vers
les ennemis. Tel un lion à la belle crinière, que les cris des chiens et
les piques des bergers repoussent de l'étable ; son cœur généreux
frissonne de colère dans sa poitrine, et c'est à regret que l'animal sort
de la cour : tel le blond Ménélas s'éloigne de Patrocle. Arrivé au milieu de ses compagnons, il s'arrête et se retourne, cherchant du regard
le grand Ajax, fils de Télamon. Il l'aperçoit aussitôt à la gauche de
l'armée, rassurant ses guerriers et les excitant au combat ; car le brillant Apollon leur avait inspiré une terreur divine. Ménélas vole auprès
du héros et lui dit :

ἐρυσαίμεθα	nous pourrions-tirer-à-nous
νεκρὸν	le cadavre
Ἀχιλῆι Πηλείδη·	pour Achille fils-de-Pélée;
κακὸν δέ κεν εἴη	or de *tous* les maux *celui-ci* serait
φέρτατον. »	le meilleur (le plus supportable). »
Ἕως ὁ	Tandis que celui-ci
ὥρμαινε ταῦτα	agitait ces choses
κατὰ φρένα καὶ κατὰ θυμὸν,	dans *son* esprit et dans *son* cœur,
τόφρα δὲ ἐπήλυθον	pendant-ce-temps donc arrivèrent
στίχες Τρώων·	les bataillons des Troyens;
Ἕκτωρ δὲ ἄρα ἦρχεν.	et donc Hector marchait-le-premier.
Αὐτὰρ ὅγε	Alors celui-là (Ménélas)
ἀνεχάζετο ἐξοπίσω,	se retirait en arrière,
λεῖπε δὲ νεκρὸν,	et abandonnait le cadavre,
ἐντροπαλιζόμενος·	se retournant-souvent;
ὥστε λὶς ἠϋγένειος,	comme un lion à-la-belle-crinière,
ὃν ῥα κύνες τε καὶ ἄνδρες·	lequel et des chiens et des hommes
δίωνται ἀπὸ σταθμοῖο	chassent d'une étable
ἔγχεσι καὶ φωνῇ·	par des piques et par la voix;
ἦτορ δὲ ἄλκιμον τοῦ	et le cœur courageux de celui-ci
παχνοῦται	se resserre (frissonne)
ἐν φρεσίν,	dans *sa* poitrine,
ἔβη δέ τε ἀπὸ μεσσαύλοιο	et il est parti de la cour
ἀέκων·	malgré-lui :
ὣς ξανθὸς Μενέλαος	ainsi le blond Ménélas
κίεν ἀπὸ Πατρόκλοιο.	s'en alla (s'éloigna) de Patrocle.
Στῆ δὲ μεταστρεφθείς,	Or il s'arrêta s'étant retourné,
ἐπεὶ ἵκετο	lorsqu'il fut arrivé
ἔθνος ἑταίρων,	à la troupe de *ses* compagnons,
παπταίνων	cherchant-du-regard
μέγαν Αἴαντα, υἱὸν Τελαμώνιον·	le grand Ajax, fils de-Télamon;
ἐνόησε δὲ μάλα αἶψα	et il aperçut tout aussitôt
ἐπὶ ἀριστερὰ πάσης μάχης	à la gauche de tout le combat
τὸν θαρσύνοντα ἑτάρους·	lui rassurant *ses* compagnons
καὶ ἐποτρύνοντα μάχεσθαι·	et *les* excitant à combattre;
Φοῖβος γὰρ Ἀπόλλων	car Phébus Apollon
ἔμβαλέ σφιν φόβον θεσπέσιον.	avait jeté-en eux une terreur divine.
Βῆ δὲ θέειν,	Et il alla pour (il se mit à) courir,
παριστάμενος δὲ	et se tenant-près de lui
ηὔδα εἶθαρ ἔπος·	il dit aussitôt *cette* parole :

« Αἶαν, δεῦρο, πέπον, περὶ Πατρόκλοιο θανόντος 120
σπεύσομεν, αἴ κε νέκυν περ Ἀχιλλῆϊ προφέρωμεν
γυμνόν· ἀτὰρ τάγε τεύχε' ἔχει κορυθαίολος Ἕκτωρ. »

'Ὣς ἔφατ'· Αἴαντι δὲ δαίφρονι θυμὸν ὄρινε·
βῆ δὲ διὰ προμάχων, ἅμα δὲ ξανθὸς Μενέλαος.
Ἕκτωρ μὲν Πάτροκλον, ἐπεὶ κλυτὰ τεύχε' ἀπηύρα, 125
ἕλχ', ἵν' ἀπ' ὤμοιϊν κεφαλὴν τάμοι ὀξέϊ χαλκῷ,
τὸν δὲ νέκυν Τρωῇσιν ἐρυσσάμενος κυσὶ δοίη.
Αἴας δ' ἐγγύθεν ἦλθε, φέρων σάκος, ἠΰτε πύργον.
Ἕκτωρ δ' ἂψ ἐς ὅμιλον ἰὼν ἀνεχάζεθ' ἑταίρων,
ἐς δίφρον δ' ἀνόρουσε· δίδου δ' ὅγε τεύχεα καλὰ 130
Τρωσὶ φέρειν προτὶ ἄστυ, μέγα κλέος ἔμμεναι αὐτῷ.
Αἴας δ', ἀμφὶ Μενοιτιάδῃ σάκος εὐρὺ καλύψας,
ἑστήκει, ὥς τίς τε λέων περὶ οἷσι τέκεσσίν,
ᾧ ῥά τε νήπι' ἄγοντι συναντήσωνται ἐν ὕλῃ
ἄνδρες ἐπακτῆρες· ὁ δέ τε σθένεϊ βλεμεαίνει· 135

« Viens, Ajax, viens, mon ami; hâtons-nous de combattre pour
les restes de Patrocle, et puissions-nous au moins rapporter à Achille
son corps dépouillé; car ses armes sont devenues la proie d'Hector
au casque étincelant. »

Il dit, et ses paroles touchent l'âme du belliqueux Ajax. Ce héros
s'élance aux premiers rangs, suivi du blond Ménélas. Hector, après
avoir enlevé les armes illustres, entraînait Patrocle, pour lui séparer
la tête des épaules avec l'airain tranchant et livrer son corps en pâture
aux chiens de Troie. Mais Ajax s'approche, portant un bouclier semblable à une tour. Hector se retire au milieu de ses compagnons, et
s'élance sur son char; il ordonne aux Troyens de porter vers la ville
ces armes magnifiques qui doivent être pour lui un éclatant trophée.
Ajax se tient auprès du fils de Ménétius, qu'il couvre de son large
bouclier. Telle une lionne autour de ses petits, lorsque, conduisant
ses jeunes lionceaux dans la forêt, elle rencontre des chasseurs; toute

« Αἶαν, πέπον, δεῦρο, σπεύσομεν

« Ajax, mon cher, viens ici, hâtons-nous de combattre

περὶ Πατρόκλοιο θανόντος, αἴπερ

au-sujet-de Patrocle mort, pour voir si-toutefois

προφέρωμέν κεν Ἀχιλῆϊ νέκυν γυμνόν·

nous pourrions-rapporter à Achille son cadavre nu (dépouillé);

ἀτὰρ Ἕκτωρ κορυθαίολος ἔχει τάγε τεύχεα. »

mais (car) Hector au-casque-varié a du moins les armes de *Patrocle.* »

Ἔρατο ὥς·

Il dit ainsi;

ὄρινε δὲ θυμὸν Αἴαντι ἐπιέφρονι·

et il remua le cœur à Ajax belliqueux;

βῆ δὲ διὰ προμάχων,

or *celui-ci* alla à travers les premiers-combattants,

ἅμα δὲ ξανθὸς Μενέλαος.

et en même temps le blond Ménélas.

Ἕκτωρ μὲν ἕλκε Πάτροκλον, ἐπεὶ ἀπηύρα τεύχεα κλυτὰ,

Hector à la vérité traînait Patrocle, lorsqu'il *lui* eut enlevé ses armes illustres,

ἵνα χαλκῷ ὀξέϊ τάμοι κεφαλὴν ἀπὸ ὤμοιϊν,

afin que par l'airain aigu il coupât la tête des épaules,

δοίη δὲ τὸν νέκυν κυσὶ Τρωῇσιν ἐρυσσάμενος·

et donnât le cadavre aux chiens troyens l'ayant (après l'avoir) traîné.

Αἴας δὲ ἦλθεν ἐγγύθεν, φέρων σάκος, ἠύτε πύργον.

Or Ajax vint près, portant un bouclier, comme une tour.

Ἕκτωρ δὲ ἰὼν ἂψ ἀνεχάζετο ἐς ὅμιλον ἑτέρων,

Mais Hector étant allé en arrière se retirait dans la foule de *ses* compagnons,

ἀνόρουσε δὲ ἐς δίφρον·

et il s'élança sur *son* char;

ὅγε δὲ δίδου Τρωσὶ καλὰ τεύχεα φέρειν προτὶ ἄστυ,

et celui-ci donnait aux troyens les belles armes de *Patrocle* à porter vers la ville,

ἔμμεναι αὐτῷ μέγα κλέος·

pour être à lui une grande gloire.

Αἴας δὲ ἀμφικαλύψας Μενοιτιάδῃ σάκος εὐρὺ,

Mais Ajax ayant mis-autour du fils-de-Ménétius *son* bouclier large,

ἑστήκει, ὥς τίς τε λέων περὶ οἷσι τέκεσσιν,

se tenait, comme un lion autour de ses petits,

ᾧ ῥά τε ἀγόντι νήπια ἄνδρες ἐπακτῆρες συναντήσωνται ἐν ὕλῃ·

lequel conduisant *ses* jeunes *lionceaux* des hommes chasseurs ont rencontré dans la forêt;

πᾶν δέ τ᾽ ἐπισκύνιον κάτω ἕλκεται, ὄσσε καλύπτων[1]·
ὣς Αἴας περὶ Πατρόκλῳ ἥρωϊ βεβήκει.
Ἀτρείδης δ᾽ ἑτέρωθεν, Ἀρηίφιλος Μενέλαος,
ἑστήκει, μέγα πένθος ἐνὶ στήθεσσιν ἀέξων.

Γλαῦκος δ᾽, Ἱππολόχοιο πάϊς, Λυκίων ἀγὸς ἀνδρῶν,   140
Ἕκτορ᾽ ὑπόδρα ἰδὼν χαλεπῷ ἠνίπαπε μύθῳ·

« Ἕκτορ, εἶδος ἄριστε, μάχης ἄρα πολλὸν ἐδεύεο·
ἦ σ᾽ αὔτως κλέος ἐσθλὸν ἔχει, φύξηλιν ἐόντα.
Φράζεο νῦν ὅππως κε πόλιν καὶ ἄστυ σαώσεις
οἶος σὺν λαοῖσι τοὶ Ἰλίῳ ἐγγεγάασιν·   145
οὐ γάρ τις Λυκίων γε μαχησόμενος Δαναοῖσιν
εἶσι περὶ πτόλιος· ἐπεὶ οὐκ ἄρα τις χάρις ἦε
μάρνασθαι δηΐοισιν ἐπ᾽ ἀνδράσι νωλεμὲς αἰεί.
Πῶς κε σὺ χείρονα φῶτα σαώσειας μεθ᾽ ὅμιλον,
σχέτλι᾽! ἐπεὶ Σαρπηδόν᾽, ἅμα ξεῖνον καὶ ἑταῖρον,   150
κάλλιπες Ἀργείοισιν ἕλωρ καὶ κύρμα γενέσθαι;

fière de sa force, elle fronce ses sourcils et voile ses yeux : tel Ajax marche autour du valeureux Patrocle. De l'autre côté se tient le fils d'Atrée, le belliqueux Ménélas, qui nourrit dans son âme une vive douleur.

Glaucus, fils d'Hippoloque, et chef des guerriers lyciens, lance à Hector un regard irrité et lui adresse ces durs reproches :

« Hector, toi qui parais si beau, tu étais loin de combattre avec bravoure! Oui, c'est bien sans raison qu'une noble gloire t'environne, puisque tu n'es qu'un fuyard. Réfléchis maintenant comment tu pourras, seul avec tes guerriers troyens, sauver la ville et la citadelle. Car nul des Lyciens n'ira désormais combattre les Grecs pour la défense d'Ilion, puisque l'ingratitude est le prix de notre constance à lutter sans relâche contre les ennemis. Malheureux! Comment, dans la mêlée, sauverais-tu un guerrier obscur, lorsque tu as laissé Sarpédon, ton hôte et ton ami, devenir la proie et la conquête des Argiens?

ὁ δέ τε βλεμεαίνει σθένεϊ·	or celui-ci est-fier de sa force;
ἕλκεται δέ τε κάτω	et il ramène en bas
πᾶν ἐπισκύνιον,	tout *son* sourcil,
καλύπτων ὄσσε·	cachant *ses* yeux :
ὣς Αἴας βεβήκει	ainsi Ajax marchait
περὶ ἥρωϊ Πατρόκλῳ.	autour du héros Patrocle.
Ἑτέρωθεν δὲ ἑστήκει	Et de-l'autre-côté se tenait
Ἀτρείδης, Μενέλαος Ἀρηΐφιλος,	le fils-d'Atrée, Ménélas cher-à-Mars,
ἀέξων	augmentant (amassant)
ἐνὶ στήθεσσι	dans *sa* poitrine
μέγα πένθος.	une grande douleur.
Γλαῦκος δὲ, παῖς Ἱππολόχοιο,	Or Glaucus, fils d'Hippoloque,
ἀγὸς ἀνδρῶν Λυκίων,	chef des guerriers Lyciens,
ἰδὼν ὑπόδρα Ἕκτορα	ayant regardé en-dessous Hector
ἠνίπαπε μύθῳ χαλεπῷ·	*le* gourmanda par *cette* parole dure :
« Ἕκτορ, ἄριστε εἶδος,	« Hector, le meilleur en beauté,
πολλὸν ἄρα	de beaucoup certes
ἐδεύεο μάχης·	tu étais (es)-au-dessous de la lutte;
ἦ αὔτως;	certes ainsi (sans raison)
κλέος ἐσθλὸν ἔχει	une gloire noble a (environne)
σε ἐόντα φύξηλιν.	toi étant fuyard.
Φράζεο νῦν ὅππως	Songe maintenant comment
οἶος σὺν λαοῖσι	seul avec les guerriers
τοὶ ἐγγεγάασιν Ἰλίῳ	qui sont nés-dans Ilion
κε σαώσεις	tu pourras-sauver
πόλιν καὶ ἄστυ·	la ville et la citadelle;
οὔτις γὰρ Λυκίων γε	car aucun des Lyciens du moins
εἶσι μαχησόμενος Δαναοῖσι	n'ira *plus* devant combattre les Grecs
περὶ πτόλιος;·	pour la ville;
ἐπεὶ ἄρα οὔτις χάρις	puisque donc aucune reconnaissance
ἦε μάρνασθαι	*ne* fut *pour nous* de combattre
ἐπὶ ἀνδράσι δηΐοισι	contre des hommes ennemis
νωλεμὲς αἰεί.	incessamment toujours.
Πῶς σὺ, σχέτλιε,	Comment toi, malheureux,
σαώσειάς κε μετὰ ὅμιλον	aurais-tu sauvé dans la foule
φῶτα χείρονα,	un homme inférieur (obscur),
ἐπεὶ κάλλιπες Σαρπηδόνα,	puisque tu as laissé Sarpédon,
ἅμα ξεῖνον καὶ ἑταῖρον,	à la fois hôte et ami,
γενέσθαι Ἀργείοισιν	devenir pour les Argiens
ἕλωρ καὶ κύρμα;	une proie et un butin?

Ὅς τοι πόλλ' ὄφελος γένετο πτόλεί τε καὶ αὐτῷ,
ζωὸς ἐών· νῦν δ' οὐ οἱ ἀλαλκέμεναι κύνας ἔτλης.
Τῷ νῦν εἴ τις ἐμοὶ Λυκίων ἐπικείσεται ἀνδρῶν,
οἴκαδ' ἴμεν, Τροίῃ δὲ πεφήσεται αἰπὺς ὄλεθρος.   155
Εἰ γὰρ νῦν Τρώεσσι μένος πολυθαρσὲς ἐνείη,
ἄτρομον, οἷόν τ' ἄνδρας ἐσέρχεται οἳ περὶ πάτρης
ἀνδράσι δυσμενέεσσι πόνον καὶ δῆριν ἔθεντο,
αἶψά κε Πάτροκλον ἐρυσαίμεθα Ἴλιον εἴσω.
Εἰ δ' οὗτος προτὶ ἄστυ μέγα Πριάμοιο ἄνακτος   159
ἔλθοι τεθνηὼς, καί μιν ἐρυσαίμεθα χάρμης,
αἶψά κεν Ἀργεῖοι Σαρπηδόνος ἔντεα καλὰ
λύσειαν, καί κ' αὐτὸν ἀγοίμεθα Ἴλιον εἴσω.
Τοίου γὰρ θεράπων πέφατ' ἀνέρος, ὃς μέγ' ἄριστος
Ἀργείων παρὰ νηυσὶ, καὶ ἀγχέμαχοι θεράποντες.   165
Ἀλλὰ σύ γ' Αἴαντος μεγαλήτορος οὐκ ἐτάλασσας

Sarpédon qui, durant sa vie, fut tant de fois le rempart de la ville et
le tien; et tu n'as pas eu le courage d'écarter de lui les chiens dévorants! Aussi maintenant, si les guerriers lyciens veulent suivre mes
avis, nous retournerons dans notre patrie, et Troie verra bientôt
éclater sur elle d'épouvantables malheurs. Si les Troyens étaient animés de ce courage audacieux et intrépide qui pénètre les cœurs des
hommes, lorsque, pour défendre leurs foyers, ils soutiennent contre
l'ennemi une lutte acharnée, nous aurions bientôt entraîné Patrocle
dans les murs d'Ilion. Si les restes de ce héros, arrachés du champ
de bataille, étaient portés dans la grande cité du roi Priam, les Argiens nous donneraient en échange les belles armes de Sarpédon, et
nous le ramènerions lui-même dans les murs de Troie. Car il n'est
plus, le compagnon de cet Achille le plus vaillant des Grecs, et avec
lui ont succombé de valeureux combattants. Et toi, tu n'as pas osé

Ὅς τοι, ἐὼν ζωὸς,	Lequel certes, étant vivant,
γένετο πολλὰ	fut en beaucoup de choses (souvent)
ὄφελος	une utilité (utile)
πτόλεί τε καὶ αὐτῷ·	et à la ville et à soi-même;
νῦν δὲ οὐκ ἔτλης	et maintenant tu n'as pas osé
ἀλαλκέμεναί οἱ κύνας.	écarter de lui les chiens.
Τῷ νῦν	C'est-pourquoi maintenant
εἴ τις ἀνδρῶν Λυκίων	si quelqu'un des guerriers Lyciens
ἐπιπείσεται ἐμοὶ,	obéit à moi,
ἴμεν οἴκαδε,	il *faut* rentrer dans-la-patrie,
ὄλεθρος δὲ αἰπὺς	et une perte épouvantable
πεφήσεται Τροίῃ.	sera-manifeste pour Troie.
Εἰ γὰρ νῦν	Car si maintenant
μένος πολυθαρσὲς, ἄτρομον,	le courage très-audacieux, intrépide,
ἐνείη Τρώεσσιν,	était-dans les Troyens,
οἷόν τε ἐσέρχεται ἄνδρας	*tel* qu'il pénètre les hommes
οἳ περὶ πάτρης ἔθεντο	qui pour la patrie ont revêtu (engagé)
πόνον καὶ ζῆριν	le travail-du-combat et la lutte
ἀνδράσι δυσμενέεσσιν,	contre des hommes ennemis,
αἶψά κεν ἐρυσαίμεθα Πάτροκλον	aussitôt nous aurions tiré Patrocle
εἴσω Ἴλιον.	en dedans d'Ilion.
Εἰ δὲ οὗτος τεθνηὼς	Mais si celui-ci mort
ἔλθοι	venait (était porté)
προτὶ ἄστυ μέγα	vers la ville grande
ἄνακτος Πριάμοιο,	du roi Priam,
καὶ ἐρυσαίμεθά μιν	et *que* nous eussions retiré lui
χάρμης,	du combat,
αἶψα Ἀργεῖοι	aussitôt les Argiens
λύσειάν κε	rendraient-à-ce-prix
καλὰ ἔντεα Σαρπηδόνος,	les belles armes de Sarpédon,
καὶ ἀγοίμεθά κεν αὐτὸν	et nous conduirions lui
εἴσω Ἴλιον.	en dedans d'Ilion.
Πέφατο γὰρ	Car il a été tué
θεράπων τοίου ἀνέρος,	le compagnon d'un tel homme,
ὃς μέγα	lequel *est* de beaucoup
ἄριστος Ἀργείων	le plus brave des Argiens
παρὰ νηυσὶ,	auprès des vaisseaux,
καὶ θεράποντες	ainsi-que *ses* compagnons
ἀγχέμαχοι.	qui-combattent-de-près.
Ἀλλὰ σύγε οὐκ ἐτάλασσας	Mais toi-du-moins tu n'as pas osé

στήμεναι ἄντα, κατ' ὅσσε ἰδὼν δηΐων ἐν ἀϋτῇ,
οὐδ' ἰθὺς μαχέσασθαι· ἐπεὶ σέο φέρτερός ἐστι. »

Τὸν δ' ἄρ' ὑπόδρα ἰδὼν προσέφη κορυθαίολος Ἕκτωρ·

« Γλαῦκε, τίη δὲ σὺ, τοῖος ἐὼν, ὑπέρπλον ἔειπες ;   110
Ὦ πόποι, ἦ τ' ἐφάμην σε περὶ φρένας ἔμμεναι ἄλλων
τῶν ὅσσοι Λυκίην ἐριβώλακα ναιετάουσι·
νῦν δέ σευ ὠνοσάμην πάγχυ φρένας, οἷον ἔειπες·
ὅστε με φὴς Αἴαντα πελώριον οὐχ ὑπομεῖναι.
Οὔτοι ἐγὼν ἔρριγα μάχην!, οὐδὲ κτύπον ἵππων·   115
ἀλλ' αἰεί τε Διὸς κρείσσων νόος αἰγιόχοιο,
ὅστε καὶ ἄλκιμον ἄνδρα φοβεῖ, καὶ ἀφείλετο νίκην
ῥηϊδίως, ὁτὲ δ' αὐτὸς ἐποτρύνει μαχέσασθαι.
Ἀλλ' ἄγε δεῦρο, πέπον, παρ' ἔμ' ἵστασο, καὶ ἴδε ἔργον·
ἠὲ πανημέριος κακὸς ἔσσομαι, ὡς ἀγορεύεις,   120

résister au magnanime Ajax, dont tu as aperçu les regards dans la mêlée, et tu n'as pas osé te mesurer avec lui, parce qu'il est plus brave que toi. »

Hector, au casque étincelant, lançant à Glaucus un regard irrité, lui répond aussitôt :

« Glaucus, pourquoi donc toi, si sensé, tiens-tu ce langage hautain ? Grands dieux ! Je te croyais le plus prudent de tous ceux qui habitent la fertile Lycie ; mais je dois aujourd'hui blâmer ta sagesse, lorsque tu prétends que je n'ai point soutenu l'attaque du terrible Ajax. Je n'ai jamais redouté ni les batailles, ni le bruit des coursiers ; mais je me soumets à la volonté du maître de l'égide, de Jupiter, qui met en fuite un guerrier courageux et lui enlève facilement la victoire, tandis que parfois il l'excite lui-même à combattre. Ami, viens ici, reste près de moi, et sois témoin de mes actions ; vois si durant tout le jour je ne serai qu'un lâche, comme tu le dis, ou si je saurai

στήμεναι ἄντα — te tenir en-face
Αἴαντος μεγαλήτορος, — d'Ajax magnanime,
κατιδὼν ὄσσε — ayant aperçu ses yeux
ἐν αὐτῇ δηΐων, — dans le combat des ennemis,
οὐδὲ μαχέσασθαι ἰθύς· — ni combattre directement contre lui;
ἐπεί ἐστι φέρτερός σεο. » — puisqu'il est plus fort que toi. »

  Ἕκτωρ δὲ ἄρα κορυθαίολος — Or donc Hector au-casque-varié
ἰδὼν ὑπόδρα — l'ayant regardé en-dessous
προσέφη τόν· — dit-à lui :

  « Γλαῦκε, τίη δὲ σύ, — « Glaucus, pourquoi donc toi,
ἰὼν τοῖος, — étant tel,
ἔειπες ὑπέροπλον; — as-tu parlé orgueilleusement?
Ὢ πόποι, ἦ τε ἐφάμην — O grands-dieux! certes je pensais
σε φρένας — toi quant à l'esprit
περίμμεναι ἄλλων, — être-au-dessus des autres,   [tent
τῶν ὅσσοι ναιετάουσι — de ceux autant-qu'ils-sont-qui habi-
Λυκίην ἐριβώλακα· — la Lycie aux-mottes-fertiles;
νῦν δὲ — mais maintenant
ὠνοσάμην πάγχυ — j'ai blâmé (je blâme) entièrement
φρένας σευ, — l'esprit de toi,
οἷον ἔειπες· — pour ce que tu as dit;
ὅστε φής — toi qui prétends
με οὐχ ὑπομεῖναι — moi n'avoir point soutenu
πελώριον Αἴαντα. — le redoutable Ajax.
Ἐγὼν οὔτοι ἔρριγα — Moi je n'ai nullement eu-peur
μάχην, οὐδὲ κτύπον ἵππων· — du combat, ni du bruit des chevaux;
ἀλλά τε νόος — mais la pensée (la volonté)
Διὸς αἰγιόχοιο — de Jupiter maître-de-l'égide
αἰεὶ κρείσσων, — est toujours supérieure,
ὅστε καὶ φοβεῖ — lequel et met-en-suite
ἄνδρα ἄλκιμον, — un guerrier courageux,
καὶ ἀφείλετο ῥηϊδίως — et lui a enlevé (lui enlève) facilement
νίκην, — la victoire,
αὐτὸς δὲ ὁτὲ — et lui-même parfois
ἐποτρύνει μαχέσασθαι. — l'excite à combattre.
Ἀλλὰ ἄγε δεῦρο, τέκον, — Mais allons, viens ici, mon cher,
ἵστασο παρὰ ἐμοί, — tiens-toi près de moi,
καὶ ἴδε ἔργον, — et vois mon ouvrage,
ἠὲ πανημέριος — si durant-tout-le-jour
ἔσσομαι κακός, ὡς ἀγορεύεις, — je serai un lâche, comme tu le dis,

ἤ τινα καὶ Δαναῶν, ἀλκῆς μάλα περ μεμαῶτα,
σχήσω ἀμυνέμεναι περὶ Πατρόκλοιο θανόντος. »

  Ὣς εἰπὼν, Τρώεσσιν ἐκέκλετο, μακρὸν ἀΰσας·

  « Τρῶες καὶ Λύκιοι καὶ Δάρδανοι ἀγχιμαχηταί,
ἀνέρες ἔστε, φίλοι, μνήσασθε δὲ θούριδος ἀλκῆς,   185
ὄφρ' ἂν ἐγὼν Ἀχιλῆος ἀμύμονος ἔντεα δύω
καλὰ, τὰ Πατρόκλοιο βίην ἐνάριξα κατακτάς. »

  Ὣς ἄρα φωνήσας, ἀπέβη κορυθαίολος Ἕκτωρ
δηΐου ἐκ πολέμοιο· θέων δ' ἐκίχανεν ἑταίρους
ὦκα μάλ', οὔπω τῆλε, ποσὶ κραιπνοῖσι μετασπὼν,   190
οἳ προτὶ ἄστυ φέρον κλυτὰ τεύχεα Πηλεΐδαο.
Στὰς δ' ἀπάνευθε μάχης πολυδακρύτου, ἔντε' ἄμειβεν·
ἤτοι ὃ μὲν τὰ ἃ δῶκε φέρειν προτὶ Ἴλιον ἱρὴν,
Τρωσὶ φιλοπτολέμοισιν· ὃ δ' ἄμβροτα τεύχεα δῦνε
Πηλεΐδεω Ἀχιλῆος, ἅ οἱ θεοὶ Οὐρανίωνες   195

repousser, malgré sa généreuse ardeur, celui des Grecs qui viendra
venger la mort de Patrocle. »

  Il dit, et d'une voix formidable il exhorte ainsi les Troyens :

  « Troyens, Lyciens, valeureux Dardaniens, soyez hommes de cœur,
amis, et souvenez-vous de votre impétueuse valeur, tandis que je vais
revêtir les belles armes dont j'ai dépouillé le vaillant Patrocle tombé
sous mes coups. »

  A ces mots, Hector, au casque étincelant, se retire du combat
meurtrier. Il s'élance, et d'une course rapide il atteint bientôt ses
compagnons qui n'étaient pas encore bien éloignés et qui portaient
vers la ville les armes illustres du fils de Pélée. Se tenant alors loin
de la déplorable mêlée, il change d'armure ; il ordonne aux belliqueux
Troyens de porter la sienne dans la ville sacrée d'Ilion, et lui-même
revêt les armes immortelles d'Achille, présent dont les dieux hono-

ἢ σχήσω
καί τινα Δαναῶν,
μεμαῶτά περ ἀλκῆς
μάλα,
ἀμυνέμεναι
περὶ Πατρόκλοιο θανόντος. »
    Εἰπὼν ὥς,
ἐκέκλετο Τρώεσσιν,
ἀΰσας μακρόν·
    « Τρῶες καὶ Λύκιοι
καὶ Δάρδανοι ἀγχιμαχηταί,
ἔστε ἀνέρες, φίλοι,
μνήσασθε δὲ
ἀλκῆς θούριδος,
ὄφρα ἐγὼν ἂν δύω
ἔντεα καλὰ
Ἀχιλῆος ἀμύμονος,
τὰ ἐνάριξα
βίην Πατρόκλοιο
κατακτάς. »
    Φωνήσας ἄρα ὥς,
Ἕκτωρ κορυθαίολος
ἀπέβη ἐκ πολέμοιο δηίου·
θέων δὲ ἐκίχανε μάλα ὦκα,
οὔπω τῆλε,
μετασπὼν
ποσὶ κραιπνοῖσιν,
ἑταίρους,
οἳ φέρον προτὶ ἄστυ
τεύχεα κλυτὰ Πηλείδαο.
Στὰς δὲ ἀπάνευθε
μάχης πολυδακρύτου,
ἄμειβεν ἔντεα·
ἤτοι ὁ μὲν δῶκε τὰ ἃ
Τρωσὶ φιλοπτολέμοισι
φέρειν προτὶ Ἴλιον ἱρήν·
ὁ δὲ δῦνε
τεύχεα ἄμβροτα
Ἀχιλῆος Πηλείδεω,
ἃ θεοὶ Οὐρανίωνες

ou si je retiendrai (j'empêcherai)
même quelqu'un des Grecs,
quoique étant-ardent de courage
grandement,
de lutter
pour Patrocle mort. »
    Ayant dit ainsi,
il exhortait les Troyens,
ayant crié haut :
    « Troyens et Lyciens
et Dardaniens combattant-de-près,
soyez hommes, amis,
et souvenez-vous
de votre valeur impétueuse,
jusqu'à ce que moi j'aie revêtu
les armes belles
d'Achille irréprochable,
desquelles j'ai dépouillé
la force de (le valeureux) Patrocle
l'ayant tué. »
    Ayant parlé donc ainsi,
Hector au-casque-varié
se retira du combat funeste ;
et en courant il atteignait bien-vite,
pas-encore loin,
les ayant suivis
avec des pieds rapides,
ses compagnons,
qui portaient vers la ville
les armes illustres du fils-de-Pélée.
Et se tenant loin
du combat très-déplorable,
il changeait d'armes ;
en effet celui-ci donna les siennes
aux Troyens belliqueux,
pour les porter vers Ilion sacrée ;
et lui-*même* revêtait
les armes immortelles
d'Achille fils-de-Pélée,
lesquelles les dieux célestes

πατρὶ φίλῳ ἔπορον· ὁ δ' ἄρα ᾧ παιδὶ ὄπασσε
γηράς· ἀλλ' οὐχ υἱὸς ἐν ἔντεσι πατρὸς ἐγήρα.

Τὸν δ' ὡς οὖν ἀπάνευθεν ἴδεν νεφεληγερέτα Ζεύς,
τεύχεσι Πηλεΐδαο κορυσσόμενον θείοιο,
κινήσας ῥα κάρη, προτὶ ὃν μυθήσατο θυμόν·   200

« Ἆ δειλ', οὐδέ τί τοι θάνατος καταθύμιός ἐστιν,
ὅς δή τοι σχεδόν ἐστι· σὺ δ' ἄμβροτα τεύχεα δύνεις
ἀνδρὸς ἀριστῆος, τόντε τρομέουσι καὶ ἄλλοι.
Τοῦ δὴ ἑταῖρον ἔπεφνες ἐνηέα τε κρατερόν τε·
τεύχεα δ' οὐ κατὰ κόσμον ἀπὸ κρατός τε καὶ ὤμων   205
εἷλεν. Ἀτάρ τοι νῦν γε μέγα κράτος ἐγγυαλίξω,
τῶν ποινὴν, ὅ τοι οὔτι μάχης ἐκ νοστήσαντι
δέξεται Ἀνδρομάχη κλυτὰ τεύχεα Πηλείωνος. »

Ἦ, καὶ κυανέῃσιν ἐπ' ὀφρύσι νεῦσε Κρονίων.
Ἕκτορι δ' ἥρμοσε τεύχε' ἐπὶ χροΐ· δῦ δέ μιν Ἄρης   210
δεινὸς, ἐνυάλιος· πλῆσθεν δ' ἄρα οἱ μέλε' ἐντὸς

rèrent jadis Pélée son père. Ce héros, dans sa vieillesse, les transmit
à son fils; mais Achille n'a point vieilli sous l'armure de son père.

Lorsque Jupiter, le dieu des nuages, voit Hector à l'écart se couvrir des armes du divin fils de Pélée, il agite sa tête et dit en son cœur :

« Infortuné! La mort n'est point présente à ta pensée, et cependant elle est près de toi. Tu revêts les armes immortelles d'un héros qui fait trembler tous les autres guerriers. Tu as tué son doux et valeureux compagnon, et tu as indignement arraché ses armes de sa tête et de ses épaules. Cependant je t'accorderai une victoire éclatante pour te dédommager de ce qu'Andromaque ne recevra pas de tes mains, à ton retour du combat, les armes illustres du fils de Pélée. »

A ces mots, le fils de Saturne abaisse ses noirs sourcils pour confirmer sa promesse. Les armes s'adaptaient bien à la taille d'Hector; le terrible et redoutable Mars pénètre l'âme du héros et remplit ses

ἔπορον πατρὶ φίλῳ οἷ·	donnèrent au père chéri à (de) lui ;
ὁ δὲ ἄρα γηράς	et celui-ci donc ayant vieilli
ὅπασσεν ᾧ παιδί·	les remit à son fils ;
ἀλλὰ υἱὸς οὐκ ἐγήρα	mais le fils ne vieillit point
ἐν ἔντεσι πατρός.	dans les armes de son père.
Ὡς δὲ οὖν Ζεὺς	Or donc lorsque Jupiter
νεφεληγερέτα	qui-assemble-les-nuages
ἴδεν ἀπάνευθε	eut vu à l'écart
τὸν, κορυσσόμενον τεύχεσι	lui, s'armant (se couvrant) des armes
θείοιο Πηλεΐδαο,	du divin fils-de-Pélée,
κινήσας ῥα κάρη,	ayant agité certes sa tête,
μυθήσατο προτὶ ὃν θυμόν·	il parla à (en) son cœur :
« Ἆ δειλέ,	« Ah ! malheureux,
θάνατος οὐδέ τί ἐστι	la mort n'est en rien
καταθύμιός τοι,	présente-à-l'esprit à toi,
ὃς δή ἐστί τοι σχεδόν·	laquelle déjà est à toi tout-près ;
σὺ δὲ δύνεις τεύχεα ἄμβροτα	et tu revêts les armes immortelles
ἀνδρὸς ἀριστῆος,	d'un homme très-brave,
τόντε ἄλλοι καὶ τρομέουσιν.	lequel les autres aussi redoutent,
Ἔπεφνες δὴ ἑταῖρον τοῦ	Tu as tué certes le compagnon de lui
ἐνηέα τε κρατερόν τε·	et doux et courageux ;
εἷλευ δὲ τεύχεα	et tu as enlevé ses armes
ἀπὸ κρατός τε καὶ ὤμων	et de sa tête et de ses épaules
οὐ κατὰ κόσμον.	non selon la convenance.
Ἀτὰρ νῦν γε	Cependant maintenant du moins
ἐγγυαλίξω τοι κράτος μέγα,	j'accorderai à toi une victoire grande,
ποινὴν	comme dédommagement
τῶν,	de ces choses (de ceci),
ὃ Ἀνδρομάχη οὔτι δέξεται	qu'Andromaque ne recevra point
τεύχεα κλυτὰ Πηλεΐδαο·	les armes illustres du fils-de-Pélée
τοι νοστήσαντι ἐκ μάχης. »	de toi étant revenu du combat. »
Κρονίων ἦ,	Le fils-de-Saturne dit ;
καὶ ἐπένευσεν	et fit-un-signe
ὀφρύσι κυανέῃσι.	par ses sourcils azurés (noirs).
Τεύχεα δὲ ἥρμοσεν Ἕκτορι	Or les armes allèrent-bien à Hector
ἐπὶ χροΐ·	sur son corps ;
Ἄρης δὲ δεινός, ἐνυάλιος,	et Mars terrible, belliqueux,
δῦ μιν·	pénétra (s'empara de) lui ;
μέλεα δέ οἱ ἄρα	et les membres à lui donc
πλῆσθεν ἐντός.	furent remplis en dedans.

ἀλκῆς καὶ σθένεος. Μετὰ δὲ κλειτοὺς ἐπικούρους
βῆ ῥα μέγα ἰάχων· ἰνδάλλετο δέ σφισι πᾶσι,
τεύχεσι λαμπόμενος μεγαθύμου Πηλείωνος.
Ὤτρυνεν δὲ ἕκαστον ἐποιχόμενος ἐπέεσσι,   215
Μέσθλην τε Γλαῦκόν τε, Μέδοντά τε Θερσίλοχόν τε,
Ἀστεροπαῖόν τε Δεισήνορά θ' Ἱππόθοόν τε,
Φόρκυν τε Χρομίον τε καὶ Ἔννομον οἰωνιστήν·
τοὺς ὅγ' ἐποτρύνων, ἔπεα πτερόεντα προσηύδα·

  « Κέκλυτε, μυρία φῦλα περικτιόνων ἐπικούρων·   220
οὐ γὰρ ἐγὼ πληθὺν διζήμενος, οὐδὲ χατίζων,
ἐνθάδ' ἀφ' ὑμετέρων πολίων ἤγειρα ἕκαστον,
ἀλλ' ἵνα μοι Τρώων ἀλόχους καὶ νήπια τέκνα
προφρονέως ῥύοισθε φιλοπτολέμων ὑπ' Ἀχαιῶν·
τὰ φρονέων, δώροισι κατατρύχω καὶ ἐδωδῇ   225
λαούς, ὑμέτερον δὲ ἑκάστου θυμὸν ἀέξω.
Τῷ τις νῦν ἰθὺς τετραμμένος, ἢ ἀπολέσθω,
ἠὲ σαωθήτω· ἡ γὰρ πολέμου ὀαριστύς.
Ὃς δέ κε Πάτροκλον, καὶ τεθνηῶτά περ, ἔμπης

membres de force et de vigueur. Hector s'avance à grands cris vers
les illustres alliés, et se montre à tous, sous l'armure étincelante du
fils de Pélée. Il va de rang en rang exhorter les chefs, Mesthlès,
Glaucus, Médon, Thersiloque, Astéropée, Disénor, Hippothoüs,
Phorcys, Chromius et l'augure Ennomus, et, pour les exciter, il leur
adresse ces paroles qui volent rapides :

  « Tribus nombreuses des alliés voisins, écoutez-moi. Ce n'est point
pour réunir une vaine multitude dont je n'ai nullement besoin, que
je vous ai attirés en ces lieux du sein de vos villes; mais je cherchais
des guerriers ardents à repousser les Grecs belliqueux loin de nos
épouses et de nos jeunes enfants. Aussi j'épuise mes peuples pour
vous récompenser, vous nourrir et accroître ainsi votre zèle. Que
chacun de vous aujourd'hui, tournant ses efforts contre l'ennemi,
succombe ou soit sauvé : telles sont les lois de la guerre. Celui de
vous qui entraînera Patrocle, quoique mort, au milieu des Troyens

ἀλκῆς καὶ σθένεος.	de vigueur et de force.
Βῆ δὲ ῥα ἰάχων μέγα	Et il alla donc criant grandement
μετὰ ἐπικούρους κλειτούς·	vers les alliés illustres;
ἐνθάλλετο δέ σφισι πᾶσι,	et il apparaissait à eux tous,
λαμπόμενος τεύχεσι	resplendissant par les armes
μεγαθύμου Πηλείωνος.	du magnanime fils-de-Pélée.
Ὤτρυνε δὲ ἐπέεσσιν,	Et il excitait par des paroles,
ἐποιχόμενος ἕκαστον,	allant-à chacun,
Μέσθλην τε Γλαῦκόν τε,	et Nesthlès et Glaucus,
Μέδοντά τε Θερσίλοχόν τε,	et Médon et Thersiloque,
Ἀστεροπαῖόν τε Δεισήνορά τε	et Astéropée et Disénor
Ἱππόθοόν τε,	et Hippothoüs,
Φόρκυν τε Χρομίον τε	et Phorcys et Chromius
καὶ οἰωνιστὴν Ἔννομον·	et l'augure Ennomus;
ὅγε ἐποτρύνων τούς	celui-ci excitant eux
προσηύδα ἔπεα πτερόεντα·	*leur* adressait *ces* paroles ailées :
« Κέκλυτε, φῦλα μυρία	« Écoutez, tribus innombrables
ἐπικούρων περικτιόνων·	d'alliés voisins;
οὐ γὰρ διζήμενος πληθύν,	car *ce n'est pas* cherchant une foule,
οὐδὲ χατίζων,	ni *en* ayant-besoin,
ἐγὼ ἤγειρα ἐνθάδε	*que* moi j'ai fait-venir ici
ἕκαστον	chacun *de vous*
ἀπὸ ὑμετέρων πολίων·	de vos villes; [moi
ἀλλὰ ἵνα ῥύοισθέ μοι	mais afin que vous protégeassiez à
προφρονέως·	avec-ardeur
ὑπὸ Ἀχαιῶν φιλοπτολέμων	contre les Achéens belliqueux
ἀλόχους	les épouses
καὶ νήπια τέκνα Τρώων·	et les jeunes enfants des Troyens;
φρονέων τά,	ayant-dans-l'esprit ces choses,
κατατρύχω λαούς	j'épuise *mes* peuples
δώροισι καὶ ἐδωδῇ,	de dons et de vivres,
ἀέξω δὲ ὑμέτερον θυμὸν ἑκάστου.	et j'accrois votre cœur de (à) chacun.
Τῷ νῦν	C'est-pourquoi que maintenant
τις	quelqu'un (chacun de vous)
τετραμμένος ἰθύς,	s'étant tourné droit *contre l'ennemi*,
ἢ ἀπολέσθω, ἠὲ σαωθήτω·	ou périsse, ou soit sauvé;
ἢ γὰρ δαριστὺς πολέμου.	car *c'est là* le commerce de la guerre.
Τῷ δὲ ὅς κεν ἐρύσῃ Πάτροκλον,	Or à celui qui aura traîné Patrocle,
καίπερ τεθνηῶτα,	quoique mort,
ἔμπης ἐς Τρῶας	néanmoins vers les Troyens

Τρῶας ἐς ἱπποδάμους ἐρύσῃ, εἴξη δέ οἱ Αἴας,   230

ἥμισυ τῷ ἐνάρων ἀποδάσσομαι, ἥμισυ δ' αὐτὸς

ἕξω ἐγώ· τὸ δέ οἱ κλέος ἔσσεται ὅσσον ἐμοί περ. »

'Ὡς ἔφαθ'· οἱ δ' ἰθὺς Δαναῶν βρίσαντες ἔβησαν,

δούρατ' ἀνασχόμενοι· μάλα δέ σφισιν ἔλπετο θυμὸς

νεκρὸν ὑπ' Αἴαντος ἐρύειν Τελαμωνιάδαο·   235

νήπιοι! ἦ τε πολέσσιν ἐπ' αὐτῷ θυμὸν ἀπηύρα.

Καὶ τότ' ἄρ Αἴας εἶπε βοὴν ἀγαθὸν Μενέλαον·

« Ὦ πέπον, ὦ Μενέλα Διοτρεφές, οὐκέτι νῶϊ

ἔλπομαι αὐτώ περ νοστησέμεν ἐκ πολέμοιο.

Οὔτι τόσον νέκυος περιδείδια Πατρόκλοιο,   240

ὅς κε τάχα Τρώων κορέει κύνας ἠδ' οἰωνοὺς,

ὅσσον ἐμῇ κεφαλῇ περιδείδια, μή τι πάθῃσι,

καὶ σῇ· ἐπεὶ πολέμοιο νέφος περὶ πάντα καλύπτει,

Ἕκτωρ ¹, ἡμῖν δ' αὖτ' ἀναφαίνεται αἰπὺς ὄλεθρος.

Ἀλλ' ἄγ', ἀριστῆας Δαναῶν κάλει, ἤν τις ἀκούσῃ. »   245

dompteurs de coursiers, et qui fera reculer Ajax, recevra la moitié des dépouilles tandis que l'autre moitié sera pour moi; et sa gloire égalera la mienne. »

Il dit, et, levant leurs lances, ils fondent sur les Grecs avec impétuosité; ils espèrent dans leur cœur arracher les restes de Patrocle à Ajax fils de Télamon. Les insensés! Combien des leurs seront immolés sur ce cadavre! Alors Ajax dit au vaillant Ménélas :

« Mon ami, ô Ménélas, élève de Jupiter, je ne pense pas que nous revenions jamais tous deux du combat. Je ne crains pas autant pour le corps de Patrocle, qui bientôt sans doute deviendra la pâture des chiens et des vautours, que pour ta tête et pour la mienne. Un nuage de guerre nous environne de toutes parts, c'est Hector; et je n'entrevois qu'une ruine épouvantable. Courage cependant; appelle les chefs des Grecs, et puissent-ils répondre à ta voix! »

ἱπποδάμους,	dompteurs-de-chevaux,
εἰ δέ εἴκη Αἴας,	et à lui (à qui) aura cédé Ajax,
ἀποδάσσομαι ἥμισυ ἐνάρων,	j'accorderai la moitié des dépouilles,
ἐγὼ δὲ αὐτὸς ἕξω ἥμισυ·	et moi-même j'aurai la moitié ;
τὸ δὲ κλέος ἔσσεταί οἱ	et la gloire sera à lui
ὅσον ἐμοί περ. »	aussi grande qu'à moi du moins. »
Ἕρατο ὥς· οἱ δέ,	Il dit ainsi ; et ceux-ci,
ἀνασχόμενοι δούρατα,	ayant levé leurs lances,
ἔβησαν ἰθὺς Ἀχαιῶν	marchèrent droit contre les Grecs
βρίσαντες·	ayant fait-une-charge ;
θυμὸς δέ σφισιν	et le cœur à eux
ἕλπετο μάλα	espérait beaucoup
ἐρύειν νεκρὸν	arracher le mort
ὑπὸ Αἴαντος Τελαμωνιάδαο·	de dessous Ajax fils-de-Télamon ;
νήπιοι!	insensés ;
ἦ τε ἀπηύρα θυμὸν	certes il a enlevé la vie
πολέσσιν ἐπὶ αὐτῷ. —	à beaucoup sur lui (sur le cadavre).
Καὶ τότε ἄρ Αἴας εἶπε	Et alors donc Ajax dit
Μενέλαον ἀγαθὸν βοήν·	à Ménélas brave au combat :
« Ὦ πέπον,	« O mon cher,
ὦ Μενέλαε Διοτρεφές,	o Ménélas élevé-par-Jupiter,
οὐκέτι ἔλπομαι	je n'espère plus
νῶϊ αὐτώ περ	nous-mêmes du moins
νοστησέμεν ἐκ πολέμοιο.	devoir revenir du combat.
Οὔτι περιδείδια τόσον	Je ne crains nullement autant
νέκυος Πατρόκλοιο,	pour le cadavre de Patrocle,
ὃς τάχα κε κορέει κύνας	qui bientôt rassasiera les chiens
ἠδ' οἰωνοὺς Τρώων,	et les oiseaux-de-proie des Troyens,
ὅσσον περιδείδια ἐμῇ κεφαλῇ,	que je crains-pour ma tête,
καὶ σῇ,	et pour la tienne, [malheur ;
μὴ πάθῃσί τι·	de peur qu'elle ne souffre quelque
ἐπὶ νέφος πολέμοιο,	puisqu'un nuage de guerre,
Ἕκτωρ,	à savoir Hector,
περικαλύπτει πάντα,	enveloppe tout,
ἡμῖν δὲ αὖτε	et pour nous d'un-autre-côté
ἀναφαίνεται ὄλεθρος αἰπύς.	apparaît une perte épouvantable.
Ἀλλὰ ἄγε,	Mais allons,
κάλει ἀριστῆας Ἀχαιῶν,	appelle les meilleurs des Grecs,
ἤν τις	pour voir si quelqu'un
ἀκούσῃ. »	l'aura entendu. »

Ὣς ἔφατ'· οὐδ' ἀπίθησε βοὴν ἀγαθὸς Μενέλαος·
ᾖξεν δὲ διαπρύσιον, Δαναοῖσι γεγωνώς·

« Ὦ φίλοι, Ἀργείων ἡγήτορες ἠδὲ μέδοντες,
οἵτε παρ' Ἀτρείδης, Ἀγαμέμνονι καὶ Μενελάῳ,
δήμια πίνουσιν, καὶ σημαίνουσιν ἕκαστος   250
λαοῖς (ἐκ δὲ Διὸς τιμὴ καὶ κῦδος ὀπηδεῖ)·
ἀργαλέον δέ μοί ἐστι διασκοπιᾶσθαι ἕκαστον
ἡγεμόνων· τόσση γὰρ ἔρις πολέμοιο δέδηεν·
ἀλλά τις αὐτὸς ἴτω, νεμεσιζέσθω δ' ἐνὶ θυμῷ
Πάτροκλον Τρῳῇσι κυσὶν μέλπηθρα γενέσθαι. »   255

Ὣς ἔφατ'· ὀξὺ δ' ἄκουσεν Ὀϊλῆος ταχὺς Αἴας·
πρῶτος δ' ἀντίος ἦλθε θέων ἀνὰ δηϊοτῆτα.
Τὸν δὲ μετ' Ἰδομενεὺς, καὶ ὀπάων Ἰδομενῆος,
Μηριόνης, ἀτάλαντος Ἐνυαλίῳ ἀνδρειφόντῃ.
Τῶν δ' ἄλλων τίς κεν ᾗσι φρεσὶν οὐνόματ' εἴποι   260
ὅσσοι δὴ μετόπισθε μάχην ἤγειραν Ἀχαιῶν;

Τρῶες δὲ προύτυψαν ἀολλέες· ἦρχε δ' ἄρ' Ἕκτωρ.
Ὣς δ' ὅτ' ἐπὶ προχοῇσι Διϊπετέος ποταμοῖο

Il dit; et le belliqueux Ménélas, docile à ses ordres, s'adresse aux Grecs d'une voix retentissante :.

« Amis, chefs et rois des Argiens, et vous qui, près des Atrides Agamemnon et Ménélas, buvez aux frais du peuple, et commandez à des nations (car la gloire et les honneurs viennent de Jupiter), il m'est difficile de vous apercevoir tous, tant la guerre étend au loin son lugubre incendie. Mais que chacun s'élance de soi-même, que tout cœur s'indigne de voir Patrocle devenir la proie des chiens d'Ilion. »

Il dit, et le rapide Ajax, fils d'Oïlée, l'entend aussitôt. Le premier il s'avance en courant à travers le champ de bataille. A sa suite marchent Idoménée et son serviteur Mérion, pareil à l'homicide Mars. Mais qui pourrait rappeler les noms de tous les héros Achéens qui ranimèrent le combat?

Les Troyens s'élancent, les rangs serrés ; Hector marche à leur tête. Lorsqu'à l'embouchure d'un fleuve issu de Jupiter, une vague immense

Ἔρατο ὥς·
Μενέλαος δὲ ἀγαθὸς βοὴν
οὐκ ἀπίθησε·
γεγωνὼς δὲ Δαναοῖσιν,
ἤϋσε διαπρύσιον·
« Ὦ φίλοι,
ἡγήτορες ἠδὲ μέδοντες Ἀργείων,
οἵτε παρὰ Ἀτρείδῃς,
Ἀγαμέμνονι καὶ Μενελάῳ,
πίνουσι δήμια,
καὶ σημαίνουσιν ἕκαστος λαοῖς
(τιμὴ δὲ καὶ κῦδος
ὀπηδεῖ ἐκ Διός)·
ἐστὶ δὲ ἀργαλέον μοι
διασκοπιᾶσθαι
ἕκαστον ἡγεμόνων·
τόσση γὰρ δέδηεν
ἔρις πολέμοιο·
ἀλλά τις ἴτω αὐτός,
νεμεσιζέσθω δὲ ἐνὶ θυμῷ
Πάτροκλον
γενέσθαι μέλπηθρα
κυσὶ Τρῳῇσιν. »
Ἔρατο ὥς·
Αἴας δὲ ταχὺς Ὀϊλῆος·
ἄκουσεν ὀξύ·
ἦλθε δὲ πρῶτος ἀντίος
θέων ἀνὰ δηϊοτῆτα.
Μετὰ δὲ τὸν Ἰδομενεύς,
καὶ ὀπάων Ἰδομενῆος, Μηριόνης,
ἀτάλαντος ἀνδρειφόντῃ Ἐνυαλίῳ.
Τίς δέ κεν εἴποι ᾗσι φρεσὶν
οὐνόματα τῶν ἄλλων
ὅσσοι δὴ
Ἀχαιῶν·
ἤγειραν μετόπισθε μάχην;
Τρῶες δὲ ἀολλέες
προὔτυψαν·
Ἕκτωρ δὲ ἄρα ἦρχεν.
Ὡς δὲ ὅτε ἐπὶ προχοῇσι

Il dit ainsi ;
et Ménélas brave au combat
ne désobéit pas ;
et parlant-haut aux Grecs,
il cria d'une-voix-pénétrante :
« O mes amis,
chefs et princes des Argiens,
et *ceux* qui près des Atrides,
d'Agamemnon et de Ménélas,
boivent aux-frais-du-peuple,
et commandent chacun à des peuples
(car l'honneur et la gloire
viennent de Jupiter);
or il est difficile à moi
d'apercevoir
chacun des chefs ;
car si-grande s'est allumée
la lutte du combat ;   [même,
mais que chacun aille (s'avance) lui-
et s'indigne dans *son* cœur
Patrocle
être devenu un jouet (une proie)
pour les chiens troyens. »
Il dit ainsi ;
et Ajax rapide *fils* d'Oïlée,
entendit aussitôt ;
et il alla le premier à-sa-rencontre
en courant à travers le combat.
Et après lui *marchèrent* Idoménée,
et l'écuyer d'Idoménée, Mérion,
pareil à l'homicide Mars.
Mais qui dirait dans son esprit
les noms des autres
autant-qu'*il y en a* certes
parmi les Achéens
qui réveillèrent ensuite le combat ?
Or les Troyens serrés
s'avancèrent-en-avant ;
et Hector donc était-à-la-tête.
Or comme lorsque aux embouchures

βέβρυχεν μέγα κῦμα ποτὶ ῥόον, ἀμφὶ δέ τ' ἄκραι
ἠϊόνες βοόωσιν, ἐρευγομένης ἁλὸς ἔξω·   265
τόσση ἄρα Τρῶες ἰαχῇ ἴσαν. Αὐτὰρ Ἀχαιοὶ
ἕστασαν ἀμφὶ Μενοιτιάδῃ, ἕνα θυμὸν ἔχοντες,
φραχθέντες σάκεσιν χαλκήρεσιν. Ἀμφὶ δ' ἄρα σφι
λαμπρῇσιν κορύθεσσι Κρονίων ἠέρα πολλὴν
χεῦ'· ἐπεὶ οὐδὲ Μενοιτιάδην ἤχθαιρε πάρος γε,   270
ὄφρα, ζωὸς ἐὼν, θεράπων ἦν Αἰακίδαο.
Μίσησεν δ' ἄρα μιν δηΐων κυσὶ κύρμα γενέσθαι
Τρωῇσιν· τῷ καί οἱ ἀμυνέμεν ὦρσεν ἑταίρους.

Ὦσαν δὲ πρότεροι Τρῶες ἑλίκωπας Ἀχαιούς·
νεκρὸν δὲ προλιπόντες ὑπέτρεσαν, οὐδέ τιν' αὐτῶν   275
Τρῶες ὑπέρθυμοι ἕλον ἔγχεσιν, ἱέμενοί περ
ἀλλὰ νέκυν ἐρύοντο. Μίνυνθα δὲ καὶ τοῦ Ἀχαιοὶ
μέλλον ἀπέσσεσθαι· μάλα γάρ σφεας ὦκ' ἐλέλιξεν

lutte en mugissant contre son cours, les rivages élevés retentissent sous le choc des flots que la mer soulève avec fracas : telles retentissent les clameurs des Troyens. Les Achéens, animés d'un même courage, entourent le fils de Ménétius qu'ils protégent de leurs boucliers d'airain. Le fils de Saturne répand un nuage épais autour de leurs casques étincelants ; ce dieu ne haïssait point le fils de Ménétius, tant que, durant sa vie, ce héros fut le compagnon d'Achille ; mais maintenant il le verrait avec horreur devenir la proie des chiens ennemis. C'est pourquoi il excite ses compagnons à lui porter secours.

Les Troyens d'abord repoussent les Achéens au vif regard ; ceux-ci, frappés de terreur, abandonnent le cadavre, et les magnanimes Troyens, malgré leur désir, n'immolent aucun d'eux avec leurs lances ; mais ils se hâtaient d'entraîner le corps de Patrocle. Les Achéens cependant ne devaient point rester longtemps loin des restes de leur ami ; ils reviennent aussitôt sous la conduite d'Ajax, qui, après l'irré-

ποταμοῖο Διιπετέος·
κῦμα μέγα βέβρυχε
ποτὶ ῥόον,
ἠιόνες δέ τε ἄκραι
βοόωσιν ἀμφί,
ἁλὸς ἐρευγομένης ἔξω·
τόσον ἰαχῇ ἄρα
Τρῶες ἴσαν.
Αὐτὰρ Ἀχαιοὶ ἕστασαν
ἀμφὶ Μενοιτιάδῃ,
ἔχοντες ἕνα θυμόν,
φραχθέντες σάκεσι χαλκήρεσι.
Κρονίων δὲ ἄρα
χεῦεν ἠέρα πολλὴν
ἀμφὶ κορύθεσσι λαμπρῇσί σφιν·
ἐπεὶ πάρος γε
οὐδὲ ἤχθιρε Μενοιτιάδην,
ὄφρα, ἐὼν ζωός,
ἦν θεράπων
Αἰακίδαο.
Μίσησε δὲ ἄρα
μιν γενέσθαι κύρμα
κυσὶ Τρῳῇσι δηίων·
τῷ καὶ
ὦρσεν ἑταίρους
ἀμυνέμεν οἱ.
    Τρῶες δὲ πρότεροι
ὦσαν Ἀχαιοὺς ἑλίκωπας·
ὑπέτρεσαν δὲ
προλιπόντες νεκρόν,
Τρῶες δὲ ὑπέρθυμοι,
ἱέμενοί περ,
ἕλον οὔτινα αὐτῶν
ἔγχεσιν·
ἀλλὰ ἐρύοντο νέκυν.
Ἀχαιοὶ δὲ καὶ
μέλλον ἀπέσεσθαι τοῦ
μίνυνθα·
Αἴας γὰρ ἐλέλιξε σφεας
μάλα ὦκα,

d'un fleuve venu-de-Jupiter
une vague grande a mugi
contre son cours,
et les rivages élevés
retentissent tout-autour,
la mer s'élançant-avec-fracas dehors :
avec un aussi-grand bruit donc
les Troyens s'avancèrent.
Mais les Achéens se tinrent
autour du fils-de-Ménétius,
ayant un seul (même) courage,
fortifiés de boucliers d'-airain.
Et le fils-de-Saturne donc
répandit un nuage grand (épais)
autour des casques brillants à (d')eux ;
puisque auparavant du moins
il ne haïssait pas le fils-de-Ménétius,
tant que, étant vivant,
il était le serviteur
du descendant-d'Éaque.
Et il détesta (vit avec horreur) donc
lui devenir une proie
pour les chiens troyens des ennemis ;
c'est-pourquoi aussi
il excita *ses* compagnons
à porter-secours à lui.
    Et les Troyens les premiers
poussèrent les Achéens aux-yeux-mo-
et *ceux-ci* s'enfuirent-effrayés [biles ;
ayant abandonné le mort,
et les Troyens magnanimes,
quoique *le* désirant,
ne tuèrent aucun d'eux
avec *leurs* lances ;
mais ils entraînaient le cadavre.
Les Achéens cependant
devaient rester-loin-de lui
peu-de-temps ;
car Ajax fit-retourner eux
très-promptement,

Αἴας, ὃς πέρι μὲν εἶδος, πέρι δ' ἔργα τέτυκτο
τῶν ἄλλων Δαναῶν, μετ' ἀμύμονα Πηλείωνα.   280
Ἴθυσεν δὲ διὰ προμάχων, συῒ εἴκελος ἀλκὴν
καπρίῳ, ὅστ' ἐν ὄρεσσι κύνας θαλερούς τ' αἰζηοὺς
ῥηϊδίως ἐκέδασσεν, ἑλιξάμενος διὰ βήσσας·
ὣς υἱὸς Τελαμῶνος ἀγαυοῦ, φαίδιμος Αἴας,
ῥεῖα μετεισάμενος Τρώων ἐκέδασσε φάλαγγας,   285
οἳ περὶ Πατρόκλῳ βέβασαν, φρόνεον δὲ μάλιστα
ἄστυ ποτὶ σφέτερον ἐρύειν, καὶ κῦδος ἀρέσθαι.

Ἤτοι τὸν Λήθοιο Πελασγοῦ φαίδιμος υἱὸς,
Ἱππόθοος, ποδὸς ἕλκε κατὰ κρατερὴν ὑσμίνην,
δησάμενος τελαμῶνι παρὰ σφυρὸν ἀμφὶ τένοντας,   290
Ἕκτορι καὶ Τρώεσσι χαριζόμενος· τάχα δ' αὐτῷ
ἦλθε κακὸν, τό οἱ οὔτις ἐρύκακεν ἱεμένων περ.
Τὸν δ' υἱὸς Τελαμῶνος, ἐπαΐξας δι' ὁμίλου,
πλῆξ' αὐτοσχεδίην κυνέης διὰ χαλκοπαρῄου·
ἦριξε δ' ἱπποδάσεια κόρυς περὶ δουρὸς ἀκωκῇ,   295

prochable fils de Pélée; l'emportait sur les autres Grecs en beauté et
en courage. Ce guerrier s'élance aux premiers rangs, semblable au
vigoureux sanglier qui, sur les montagnes, dissipe aisément une troupe
de chiens et de jeunes chasseurs, en se retournant sur eux à travers
les halliers : tel le fils de l'illustre Télamon, le brillant Ajax, disperse
sans peine par sa présence les phalanges des Troyens qui entouraient
Patrocle et qui espéraient l'emporter dans leur ville et se couvrir de
gloire.

Cependant l'illustre fils du Pélasge Léthus, Hippothoüs, l'entraînait
par les pieds à travers la terrible mêlée, après lui avoir attaché une
courroie près de la cheville, jaloux de plaire à Hector et aux Troyens;
mais il lui arriva bientôt un malheur dont ses compagnons, malgré
leur désir, ne purent le préserver. Le fils de Télamon, s'élançant à
travers la foule, le frappe de près et atteint le casque d'airain; la
pointe du fer brise ce casque à l'épaisse crinière, traversé par un

ὃς τέτυκτο | lui qui était
περὶ τῶν ἄλλων Ἀχαιῶν | au-dessus des autres Grecs
εἶδος μὲν, | et pour l'extérieur,
ἔργα δὲ, | et pour les travaux de la guerre,
μετὰ ἀμύμονα Πηλείωνα. | après l'irréprochable fils-de-Pélée.
Ἴθυσε δὲ | Et il se précipita-droit
διὰ προμάχων, | à travers les premiers-combattants,
εἴκελος ἀλκὴν | semblable pour la force
συΐ καπρίῳ, | à un porc sanglier,
ὅστε ἐν ὄρεσσιν | lequel dans les montagnes
ἐκέδασσε ῥηϊδίως κύνας | a dispersé facilement des chiens
αἰζηούς τε θαλερούς, | et des jeunes-gens florissants,
ἑλιξάμενος διὰ βήσσας· | s'étant retourné à travers les halliers :
ὣς υἱὸς ἀγαυοῦ Τελαμῶνος, | ainsi le fils de l'illustre Télamon,
φαίδιμος Αἴας, | le brillant Ajax,
μετεισάμενος | les ayant attaquées
ἐκέδασσε ῥεῖα | a dispersé facilement
φάλαγγας Τρώων | les phalanges des Troyens
οἳ βέβασαν περὶ Πατρόκλῳ, | qui marchaient autour de Patrocle,
φρόνεον δὲ μάλιστα | et qui pensaient surtout
ἐρύειν ποτὶ σφέτερον ἄστυ, | l'entraîner vers leur ville,
καὶ ἀρέσθαι κῦδος. | et recueillir de la gloire.
    Ἤτοι Ἱππόθοος, | Cependant Hippothoüs,
υἱὸς φαίδιμος Πελασγοῦ Λήθοιο, | fils brillant du Pélasge Léthus,
ἕλκε τὸν ποδός· | entraînait lui par le pied
κατὰ ὑσμίνην κρατερὴν, | à travers la mêlée terrible,
δησάμενος τελαμῶνι | l'ayant lié avec une courroie
παρὰ σφυρὸν | auprès de la cheville
ἀμφὶ τένοντας, | autour des muscles,
χαριζόμενος | faisant-plaisir
Ἕκτορι καὶ Τρώεσσιν· | à Hector et aux Troyens ;
αὐτῷ δὲ ἦλθε τάχα | mais à lui arriva bientôt
κακὸν, τὸ | un malheur, lequel
οὔτις ἱεμένων περ | aucun de ceux même le désirant
ἐρύκακέν οἱ. | n'écarta de lui.
    Υἱὸς δὲ Τελαμῶνος, | Car le fils de Télamon,
ἀΐξας διὰ ὁμίλου, | s'étant élancé à travers la foule,
πλῆξε τὸν αὐτοσχεδίην | frappa lui de près
διὰ κυνέης χαλκοπαρῄου· | à travers le casque aux-joues-d'airain ;
κόρυς δὲ ἱπποδάσεια | or le casque à-l'épaisse-crinière

πλήγεῖσ' ἔγχεί τε μεγάλῳ καὶ χειρὶ παχείη·
ἐγκέφαλος δὲ παρ' αὐλὸν ¹ ἀνέδραμεν ἐξ ὠτειλῆς
αἱματόεις· τοῦ δ' αὖθι λύθη μένος· ἐκ δ' ἄρα χειρῶν
Πατρόκλοιο πόδα μεγαλήτορος ἧκε χαμᾶζε
κεῖσθαι· ὁ δ' ἄγχ' αὐτοῖο πέσε πρηνὴς ἐπὶ νεκρῷ,   300
τῆλ' ἀπὸ Λαρίσσης ἐριβώλακος· οὐδὲ τοκεῦσι
θρέπτρα φίλοις ἀπέδωκε, μινυνθάδιος δέ οἱ αἰὼν
ἔπλεθ', ὑπ' Αἴαντος μεγαθύμου δουρὶ δαμέντι.
Ἕκτωρ δ' αὖτ' Αἴαντος ἀκόντισε δουρὶ φαεινῷ·
ἀλλ' ὁ μὲν ἄντα ἰδὼν ἠλεύατο χάλκεον ἔγχος,   305
τυτθόν· ὁ δὲ Σχεδίον, μεγαθύμου Ἰφίτου υἱὸν,
Φωκήων ὄχ' ἄριστον, ὃς ἐν κλειτῷ Πανοπῆϊ
οἰκία ναιετάασκε, πολέσσ' ἀνδρεσσιν ἀνάσσων,
τὸν βάλ' ὑπὸ κληῖδα μέσην· διὰ δ' ἀμπερὶς ἄκρη
αἰχμὴ χαλκείη παρὰ νείατον ὦμον ἀνέσχε.   310

énorme javelot qu'a lancé un bras vigoureux. La cervelle jaillit tout ensanglantée de la blessure le long du fer de la lance ; la force d'Hippothoüs est à l'instant brisée ; ses mains laissent retomber à terre le pied du magnanime Patrocle, et lui-même tombe en avant sur le cadavre, loin de la fertile Larisse. Il n'a pu payer à ses parents le prix des soins donnés à son enfance : sa vie fut de courte durée ; il succomba sous les coups du magnanime Ajax. Hector aussitôt lance contre Ajax un brillant javelot ; Ajax, qui l'a vu, se détourne et évite le coup ; mais le trait va frapper le fils du valeureux Iphitus, Schédius, de beaucoup le plus brave des Phocéens, Schédius qui habitait un palais dans l'illustre Panopée et régnait sur des peuples nombreux ; Hector l'atteint à la clavicule, et la pointe d'airain, le traversant de part en part, ressort au bas de l'épaule. Le guerrier tombe, et ses armes re-

ἔϱαϰε	se brisa
πεϱὶ ἀϰωϰῇ ϑουϱὸς,	autour de la pointe de la lance,
πληγεῖσα	ayant été frappé
ἔγχεϊ τε μεγάλῳ	et par une lance grande
ϰαὶ χειϱὶ παχείῃ·	et par une main épaisse (robuste);
ἐγϰέφαλος δὲ αἱματόεις	et la cervelle ensanglantée
ἀνέδϱαμεν ἐξ ὠτειλῆς	jaillit de la blessure
ϰαϱὰ αὐλόν·	le long du trou *de la lance;*
αὖϑι δὲ μένος τοῦ	et à l'instant la force de lui
λύϑη·	fut déliée (brisée);
ἦϰε δὲ ἄϱα ἐϰ χειϱῶν	et donc il laissa-aller de *ses* mains
χαμᾶζε ϰεῖσϑαι	à-terre *pour y* être-gisant
πόδα Πατϱόϰλοιο μεγαλήτοϱος·	le pied de Patrocle magnanime;
ὁ δὲ πέσε πϱηνὴς	et il tomba en-avant
ἄγχι αὐτοῖο ἐπὶ νεϰϱῷ,	près de lui sur le mort,
τῆλε ἀπὸ Λαϱίσσης ἐϱιβώλαϰος·	loin de Larisse aux-mottes-fertiles;
οὐδὲ ἀπέδωϰε φίλοις τοϰεῦσι	et il ne paya pas à *ses* chers parents
ϑϱέπτϱα,	le prix-de-*leurs-soins-nourriciers,*
αἰὼν δὲ ἔπλετο μινυνϑάδιό;	et la vie fut de-courte-durée
οἱ δαμέντι	à lui ayant été dompté
ὑπὸ δουϱὶ μεγαϑύμου Αἴαντος.	sous la lance du magnanime Ajax.
Ἕϰτωϱ δὲ αὖτε	Et Hector de-son-côté
ἀϰόντισε δουϱὶ φαεινῷ	darda avec une lance brillante
Αἴαντος·	contre Ajax;
ἀλλὰ ὁ μὲν	mais celui-ci à la vérité
ἰδὼν ἄντα	l'ayant vu en-face
ἠλεύατο ἔγχος χάλϰεον,	évita la lance d'-airain,
τυτϑόν·	*en se détournant* un peu;
ὁ δὲ βάλε Σχεδίον,	or lui (Hector) frappa Schédius,
υἱὸν μεγαϑύμου Ἰφίτου,	fils du magnanime Iphitus,
ὄχα ἄϱιστον	de beaucoup le plus brave
Φωϰήων,	des Phocéens,
ὃς ναιετάασϰεν οἰϰία	lequel habitait des maisons
ἐν ϰλειτῷ Πανοπῆϊ,	dans l'illustre Panopée,
ἀνάσσων	commandant
ἀνδϱεσσι πολέεσσι·	à des hommes nombreux; [lieu;
τὸν ὑπὸ ϰληῖδα μέσην·	*il le frappa* sous la clavicule au-mi-
ἄϰϱη δὲ αἰχμὴ χαλϰείη	et l'extrémité-de-la-pointe d'-airain
διαμπεϱὲς ἀνέσχε	*traversant* de-part-en-part ressortit
ϰατὰ ὦμον νείατον.	près de l'épaule au-bas.

Δούπησεν δὲ πεσὼν, ἀράβησε δὲ τεύχε' ἐπ' αὐτῷ.
Αἴας δ' αὖ Φόρκυνα δαΐφρονα, Φαίνοπος υἱὸν,
Ἱπποθόῳ περιβάντα, μέσην κατὰ γαστέρα τύψε·
ῥῆξε δὲ θώρηκος γύαλον ¹, διὰ δ' ἔντερα χαλκὸς
ἤφυσ'· ὁ δ' ἐν κονίῃσι πεσὼν ἕλε γαῖαν ἀγοστῷ.   315
Χώρησαν δ' ὑπό τε πρόμαχοι καὶ φαίδιμος Ἕκτωρ
Ἀργεῖοι δὲ μέγα ἴαχον, ἐρύσαντο δὲ νεκρὸς,
Φόρκυν θ' Ἱππόθοόν τε· λύοντο δὲ τεύχε' ἀπ' ὤμων.

  Ἔνθα κεν αὖτε Τρῶες Ἀρηϊφίλων ὑπ' Ἀχαιῶν
Ἴλιον εἰσανέβησαν, ἀναλκείῃσι δαμέντες·   320
Ἀργεῖοι δέ κε κῦδος ἕλον, καὶ ὑπὲρ Διὸς αἶσαν,
κάρτεϊ καὶ σθένεϊ σφετέρῳ. Ἀλλ' αὐτὸς Ἀπόλλων
Αἰνείαν ὤτρυνε ², δέμας Περίφαντι ἐοικὼς,
κήρυκι ³ Ἠπυτίδῃ, ὅς οἱ παρὰ πατρὶ γέροντι
κηρύσσων γήρασκε, φίλα φρεσὶ μήδεα εἰδώς·   325
τῷ μιν ἐεισάμενος προσέφη Διὸς υἱὸς Ἀπόλλων·

  « Αἰνεία, πῶς ἂν καὶ ὑπὲρ θεὸν εἰρύσσαισθε

tentissent autour de lui. Ajax de son côté frappe au milieu du ventre
le fils de Phénops, le belliqueux Phorcys, qui défendait Hippothoüs;
l'airain brise la cuirasse et déchire les entrailles de Phorcys, qui tombe
dans la poussière et saisit la terre de ses mains. Les premiers rangs
des Troyens reculent, ainsi que le brillant Hector; et les Grecs, poussant des cris terribles, entraînent les corps de Phorcys et d'Hippothoüs, et les dépouillent de leurs armes.

Alors les Troyens, pressés par les belliqueux Achéens, se seraient
enfuis jusque dans Ilion, vaincus par leur propre lâcheté, et les
Grecs, même contre la volonté de Jupiter, se seraient couverts de
gloire, grâce à leur force et à leur valeur; mais Apollon vint lui-même
exciter l'ardeur d'Énée, sous les traits du fils d'Epytus, du héraut
Périphas, qui avait vieilli dans cet emploi auprès de son vieux père,
et qui était renommé par la sagesse de ses conseils. C'est sous la forme
de ce mortel qu'Apollon lui parle en ces termes :

« Énée, comment, même malgré la volonté divine, pourriez-vous

Δούπησε δὲ πεσών,	Or il retentit étant tombé,
τεύχεα δὲ ἀράϐησεν ἐπὶ αὐτῷ.	et *ses* armes résonnèrent sur lui.
Αἴας δὲ αὖ τύψε	Et Ajax de-son-côté frappa
κατὰ μέσην γαστέρα	au milieu-du ventre
ἐπίφρονα Φόρκυνα,	le belliqueux Phorcys,
υἱὸν Φαίνοπος,	fils de Phénops,
περιϐάντα Ἱπποθόῳ·	marchant-autour d'Hippothoüs;
ῥῆξε δὲ γύαλον θώρηκος,	et il brisa la cavité de la cuirasse,
χαλκὸς δὲ διήφυσεν ἔντερα·	et l'airain déchira les entrailles;
ὁ δὲ ἕλε γαῖαν ἀγοστῷ,	et celui-ci prit la terre de *sa* main,
πεσὼν ἐν κονίῃσι.	étant tombé dans la poussière.
Πρόμαχοι δέ τε	Or et les premiers-combattants
καὶ φαίδιμος Ἕκτωρ	et le brillant Hector
ὑποχώρησαν·	se retirèrent-en-arrière;
Ἀργεῖοι δὲ ἴαχον μέγα,	et les Argiens criaient grandement,
ἐρύσαντο δὲ νεκρούς,	et entraînèrent les morts,
Φόρκυν τε Ἱππόθοόν τε·	et Phorcys et Hippothoüs;
λύοντο δὲ τεύχεα	et ils détachaient les armes
ἀπὸ ὤμων.	de *leurs* épaules.
Ἔνθα αὖτε Τρῶες,	Mais alors les Troyens,
δαμέντες ἀναλκείῃσιν,	ayant été domptés par *leur* lâcheté,
εἰσανέϐησάν κεν Ἴλιον	seraient montés-jusqu'à Ilion
ὑπὸ Ἀχαιῶν Ἀρηιφίλων·	*pressés* par les Achéens chers-à-Mars;
Ἀργεῖοι δὲ	et les Argiens
ἕλον κε κῦδος,	auraient remporté de la gloire,
καὶ ὑπὲρ αἶσαν	même au delà de (contre) la volonté
Διός,	de Jupiter,
σφετέρῳ κάρτεϊ καὶ σθένεϊ.	par leur courage et *leur* force.
Ἀλλὰ Ἀπόλλων αὐτὸς	Mais Apollon lui-même
ὤτρυνεν Αἰνείαν,	excita Énée,
εἰκὼς δέμας	*Apollon* ressemblant de corps
Περίφαντι, κήρυκι Ἠπυτίδῃ,	à Périphas, héraut fils-d'Épytus,
ὃς γήρασκε	lequel vieillissait
κηρύσσων	faisant-les-fonctions-de-héraut
παρὰ γέροντι πατρί οἱ,	auprès du vieux père à (de) lui,
εἰδὼς φρεσὶ	sachant (ayant) dans son esprit
μήδεα φίλα·	des conseils (des sentiments) bien-
εἰσάμενός τῷ	s'étant assimilé à celui-ci [veillants;
Ἀπόλλων υἱὸς Διὸς προσέφη μιν·	Apollon fils de Jupiter dit-à lui :
« Αἰνεία, πῶς;	« Énée, comment

Ἴλιον αἰπεινήν; Ὡς δὴ ἴδον ἀνέρας ἄλλους
κάρτεΐ τε σθένεΐ τε πεποιθότας, ἠνορέῃ τε,
πλήθεΐ τε σφετέρῳ, καὶ ὑπερδέα δῆμον ἔχοντας.   329
Ἡμῖν δὲ Ζεὺς μὲν πολὺ βούλεται ἢ Δαναοῖσι
νίκην· ἀλλ' αὐτοὶ τρεῖτ' ἄσπετον, οὐδὲ μάχεσθε. »

Ὡς ἔφατ'· Αἰνείας δ' ἑκατηβόλον Ἀπόλλωνα
ἔγνω, ἐσάντα ἰδών· μέγα δ' Ἕκτορα εἶπε βοήσας·

« Ἕκτορ τ' ἠδ' ἄλλοι Τρώων ἀγοὶ ἠδ' ἐπικούρων,   335
αἰδὼς μὲν νῦν ἥδε γ', Ἀρηϊφίλων ὑπ' Ἀχαιῶν
Ἴλιον εἰσαναβῆναι, ἀναλκείῃσι δαμέντας.
Ἀλλ' ἔτι γάρ τίς φησι θεῶν, ἐμοὶ ἄγχι παραστάς,
Ζῆν', ὕπατον μήστωρα, μάχης ἐπιτάρροθον εἶναι.
Τῷ ῥ' ἰθὺς Δαναῶν ἴομεν, μηδ' οἵγε ἕκηλοι   340
Πάτροκλον νηυσὶν πελασαίατο τεθνηῶτα. »

Ὡς φάτο· καί ῥα πολὺ προμάχων ἐξάλμενος ἔστη.

sauver la superbe Ilion ? C'est en imitant ces héros que j'ai vus jadis, pleins de confiance dans leur courage, dans leur force, dans leur valeur, dans l'intrépidité de leurs troupes bien inférieures en nombre. C'est à nous bien plus qu'aux Grecs que Jupiter veut donner la victoire; et cependant vous fuyez tous épouvantés, et vous n'osez combattre. »

Il dit; Énée le regarde, et reconnaît Apollon qui lance au loin les traits. Aussitôt il s'adresse à Hector d'une voix retentissante :

« Hector, et vous tous, chefs des Troyens et des alliés, quelle honte, si, pressés par les belliqueux Achéens, nous regagnons les hauteurs d'Ilion, vaincus par notre propre lâcheté ! Cependant un des immortels, s'offrant à ma vue, vient de me dire que Jupiter, cet arbitre suprême des combats, se déclarait pour nous. Marchons donc contre les Grecs, et ne leur laissons pas sans obstacle emporter vers leurs vaisseaux les restes de Patrocle. »

Il dit; puis il s'élance en avant des premiers rangs et s'arrête. Les

καὶ ὑπὲρ θεὸν	même malgré un dieu
εἰρύσσαισθε ἂν Ἴλιον αἰπεινήν;	pourriez-vous-sauver Ilion élevée ?
Ὣς δὴ	En combattant comme déjà
ἴδον ἄλλους ἄνέρας	j'ai vu *combattre* d'autres hommes
πεποιθότας κάρτεΐ τε	se confiant et dans *leur* courage
σθένεΐ τε, ἠνορέῃ τε,	et dans *leur* force, et dans *leur* valeur,
σφετέρῳ τε πλήθεϊ,	et dans leurs troupes,
ἔχοντας δῆμον	ayant un peuple
καὶ ὑπερδέα.	même peu-considérable.
Ζεὺς δὲ μὲν	Et Jupiter à la vérité
βούλεται νίκην ἡμῖν	veut la victoire pour nous
πολὺ ἢ Δαναοῖσιν·	beaucoup *plus* que pour les Grecs;
ἀλλὰ αὐτοὶ	mais vous-mêmes
τρεῖτε ἄσκετον,	vous fuyez-tremblants tout-à-fait,
οὐδὲ μάχεσθε. »	et vous ne combattez pas. »
Ἔφατο ὥς·	Il dit ainsi;
Αἰνείας δὲ ἔγνω Ἀπόλλωνα	et Énée reconnut Apollon
ἑκατηβόλον,	qui-lance-au-loin-les-traits,
Ὑὸν ἐσάντα·	l'ayant vu en-face;
βοήσας δὲ μέγα	et ayant crié grandement
εἶπεν Ἕκτορα·	il dit à Hector :
« Ἕκτορ τε ἠδὲ ἄλλοι	« Et *toi*, Hector, et *vous* autres,
ἀγοὶ Τρώων ἠδὲ ἐπικούρων,	chefs des Troyens et des alliés,
ἦἐ γε αἰδὼς νῦν μὲν,	c'est une honte maintenant à la vérité,
εἰσαναβῆναι Ἴλιον	*nous* monter-jusqu'à Ilion [Mars,
ὑπὸ Ἀχαιῶν Ἀρηϊφίλων,	*poussés* par les Achéens chers-à
δμέντας ἀναλκείῃσιν.	ayant été domptés par *notre* lâcheté.
Ἀλλὰ γάρ τις θεῶν,	Cependant quelqu'un des dieux,
παρστὰς ἐμοὶ ἄγχι,	s'étant présenté à moi tout-près,
φησὶν ἔτι Ζῆνα,	dit encore Jupiter,
ὕπατον μήστωρα,	suprême conseiller,
εἶναι ἐπιτάρροθον μάχης·	être auxiliaire du (dans le) combat.
Τῷ ῥα	C'est-pourquoi donc
ἴομεν ἰθὺς Δαναῶν,	allons droit contre les Grecs,
μηδὲ οἵγε πελασαίατο	et que ceux-ci n'approchent point
νηυσὶν	de *leurs* vaisseaux
ἕκηλοι	tranquilles (à loisir)
Πάτροκλον τεθνηῶτα. »	Patrocle mort. »
Φάτο ὥς· καί ῥα ἔστη	Il dit ainsi; et il s'arrêta
ἐξάλμενος πολὺ	s'étant élancé beaucoup

Οἱ δ' ἑλελίχθησαν, καὶ ἐναντίοι ἔσταν Ἀχαιῶν.
Ἔνθ' αὖτ' Αἰνείας Λειώκριτον οὔτασε δουρὶ,
υἱὸν Ἀρίσβαντος, Λυκομήδεος ἐσθλὸν ἑταῖρον.   310
Τὸν δὲ πεσόντ' ἐλέησεν Ἀρηΐφιλος Λυκομήδης·
στῆ δὲ μάλ' ἐγγὺς ἰὼν, καὶ ἀκόντισε δουρὶ φαεινῷ,
καὶ βάλεν Ἱππασίδην Ἀπισάονα, ποιμένα λαῶν,
ἧπαρ ὑπὸ πραπίδων, εἶθαρ δ' ὑπὸ γούνατ' ἔλυσεν·
ὅς ῥ' ἐκ Παιονίης ἐριβώλακος εἰληλούθει,   350
καὶ δὲ μετ' Ἀστεροπαῖον ἀριστεύεσκε μάχεσθαι.
Τὸν δὲ πεσόντ' ἐλέησεν Ἀρήϊος Ἀστεροπαῖος,
ἴθυσεν δὲ καὶ ὃ πρόφρων Δαναοῖσι μάχεσθαι·
ἀλλ' οὔπως ἔτι εἶχε· σάκεσσι γὰρ ἔρχατο πάντη
ἑσταότες περὶ Πατρόκλῳ, πρὸ δὲ δούρατ' ἔχοντο.   335
Αἴας γὰρ μάλα πάντας ἐπῴχετο, πολλὰ κελεύων·
οὔτε τιν' ἐξοπίσω νεκροῦ χάζεσθαι ἀνώγει,
οὔτε τινὰ προμάχεσθαι Ἀχαιῶν ἔξοχον ἄλλων,
ἀλλὰ μάλ' ἀμφ' αὐτῷ βεβάμεν, σχεδόθεν δὲ μάχεσθαι.
Ὣς Αἴας ἐπέτελλε πελώριος. Αἵματι δὲ χθὼν   340
δεύετο πορφυρέῳ· τοὶ δ' ἀγχιστῖνοι ἔπιπτον

Troyens se retournent et font face à l'ennemi. Énée terrasse alors d'un
coup de lance le fils d'Arisbas, Léocrite, vaillant compagnon de Lycomède. Lycomède voit tomber son ami, et il est ému de pitié; il accourt
auprès de lui, et lance sa brillante javeline qui perce le foie du fils
d'Hippase, d'Apisaon, pasteur des peuples, et lui arrache aussitôt la
vie. Apisaon, venu des fertiles contrées de la Péonie, était, après
Astéropée, le plus vaillant dans les combats. Le valeureux Astéropée
le voit périr, et il est ému de pitié. Il s'élance, plein d'ardeur, pour
combattre les Grecs; mais il ne peut les attaquer; car, se serrant autour de Patrocle, ils se font un rempart de leurs boucliers, et tiennent
leurs lances en avant. Ajax parcourt les rangs, et donne des ordres
aux guerriers : que personne n'abandonne le cadavre pour s'avancer
loin des autres Grecs, mais que tous restent autour de Patrocle et
combattent de près : tels sont les ordres que prescrit le redoutable
Ajax. La terre était inondée d'un sang noir; et en même temps tom-

προμάχων.
Οἱ δὲ ἐλελίχθησαν,
καὶ ἔσταν ἐναντίοι Ἀχαιῶν.
Ἔνθα αὖτε Αἰνείας οὔτασε δουρὶ
Λεώκριτον, υἱὸν Ἀρίσβαντος,
ἐσθλὸν ἑταῖρον Λυκομήδεος.
Λυκομήδης δὲ Ἀρήφιλος
ἐλέησε τὸν πεσόντα·
στῆ δὲ ἰὼν μάλα ἐγγὺς,
καὶ ἀκόντισε δουρὶ φαεινῷ,
καὶ βάλεν Ἀπισάονα
Ἱππασίδην,
ποιμένα λαῶν,
ἧπαρ ὑπὸ πραπίδων,
εἶθαρ δὲ ὑπέλυσε γούνατα·
ὃς ῥα ἐληλούθει
ἐκ Παιονίης ἐριβώλακος,
καὶ δὲ μετὰ Ἀστεροπαῖον
ἀριστεύεσκε μάχεσθαι.
Ἄρηος δὲ Ἀστεροπαῖος
ἐλέησε τὸν πεσόντα,
ὁ δὲ καὶ πρόφρων
ἵετο μάχεσθαι Δαναοῖσιν·
ἀλλ᾽ οὔπως εἶχεν ἔτι·
πάντη γὰρ
ἔρχατο σάκεσσιν
ἱστάντες περὶ Πατρόκλῳ,
ἔχοντο δὲ πρὸ δούρατα.
Αἴας γὰρ ἐπῴχετο πάντας μάλα,
κελεύων πολλά·
ἀνώγει τε
οὔτινα χάζεσθαι νεκροῦ
ἐξοπίσω,
οὔτινά τε προμάχεσθαι
ἔξοχον ἄλλων Ἀχαιῶν,
ἀλλὰ μάλα βεβάμεν ἀμφὶ αὐτῷ,
μάχεσθαι δὲ σχεδόθεν.
Ὣς ἐπέτελλε πελώριος Αἴας.
Χθὼν δὲ δεύετο
αἵματι πορφυρέῳ·

hors des premiers-combattants.
Or ceux-ci se retournèrent,
et se tinrent opposés aux Achéens.
Mais alors Énée blessa de sa lance
Léocrite, fils d'Arisbas,
brave compagnon de Lycomède.
Or Lycomède cher-à-Mars
prit-en-pitié lui étant tombé ;
et il se tint étant venu tout près,
et il darda avec sa lance brillante,
et il frappa Apisaon
fils-d'Hippase,
pasteur des peuples,
au foie sous le diaphragme,
et aussitôt il lui délia les genoux ;
lequel *Apisaon* certes était venu
de la Péonie aux-mottes-fertiles,
et après Astéropée
était-le-premier pour combattre.
Or le belliqueux Astéropée
prit-en-pitié lui étant tombé,
et lui aussi plein-d'ardeur
alla-droit *pour* combattre les Grecs ;
mais il ne *le* pouvait encore nulle-
car de-tous-côtés   [ment ;
ils étaient entourés de boucliers
se tenant autour de Patrocle,
et ils tenaient en avant *leurs* lances.
Car Ajax allait-à tous tout-à-fait,
ordonnant beaucoup ;
et il prescrivait
aucun *ne* se retirer du cadavre
en arrière,
et aucun ne combattre
en-avant des autres Achéens,   [lui,
mais surtout de marcher autour de
et de combattre de près.
Ainsi ordonnait le prodigieux Ajax.
Et la terre était arrosée
d'un sang pourpre ;

νεκροὶ ὁμοῦ Τρώων καὶ ὑπερμενέων ἐπικούρων,
καὶ Δαναῶν· οὐδ’ οἱ γὰρ ἀναιμωτί γ’ ἐμάχοντο·
παυρότεροι δὲ πολὺ φθίνυθον· μέμνηντο γὰρ αἰεὶ
ἀλλήλοις καθ’ ὅμιλον ἀλεξέμεναι φόνον αἰπύν.   265

    Ὣς οἱ μὲν μάρναντο δέμας πυρός· οὐδέ κε φαίης
οὔτε ποτ’ ἠέλιον σόον ἔμμεναι, οὔτε σελήνην·
ἠέρι γὰρ κατέχοντο μάχης ἔπι ὅσσοι ἄριστοι
ἕστασαν ἀμφὶ Μενοιτιάδῃ κατατεθνηῶτι.
Οἱ δ’ ἄλλοι Τρῶες καὶ ἐϋκνήμιδες Ἀχαιοὶ   311
εὔκηλοι πολέμιζον ὑπ’ αἰθέρι¹· πέπτατο δ’ αὐγὴ
ἠελίου ὀξεῖα, νέφος δ’ οὐ φαίνετο πάσης
γαίης, οὐδ’ ὀρέων· μεταπαυόμενοι δ’ ἐμάχοντο,
ἀλλήλων ἀλεείνοντες βέλεα στονόεντα,
πολλὸν ἀφεσταότες. Τοὶ δ’ ἐν μέσῳ ἄλγε’ ἔπασχον   375
ἠέρι καὶ πολέμῳ· τείροντο δὲ νηλέϊ χαλκῷ

balent amoncelés les cadavres des Troyens, des généreux alliés et des Grecs. Les Grecs ne combattaient point sans que leur sang coulât; mais ils succombaient en moins grand nombre, car ils songeaient toujours dans la mêlée à se préserver mutuellement d’un horrible trépas.

Ainsi ces guerriers combattaient, ardents comme le feu; on eût dit que le soleil et la lune s’étaient éclipsés; tant était épais le nuage de poussière, qui, dans le combat, enveloppait tous les héros rassemblés autour du fils de Ménétius. Ailleurs les Troyens et les Achéens aux belles cnémides combattaient sans obstacle sous un ciel serein; au-dessus d’eux le soleil brillait d’un vif éclat, et l’on ne voyait apparaître aucun nuage ni sur la terre, ni sur les montagnes. Ils luttaient donc et se reposaient par intervalles, évitant de part et d’autre les traits meurtriers, et séparés par une large distance; ceux qui combattaient au centre souffraient de vives douleurs causées par les ténèbres et par les horreurs de la guerre; et les braves étaient déchirés par le cruel airain.

τοὶ δὲ νεκροὶ ἔπιπτον ἀγχιστῖνοι   et les morts tombaient serrés
ὁμοῦ Τρώων   en-même-temps des Troyens
καὶ ἐπικούρων ὑπερμενέων,   et des alliés tout-puissants,
καὶ Δαναῶν ·   et des Grecs ;
οἱ δὲ γὰρ οὐκ ἐμάχοντο   car ceux-ci ne combattaient pas
ἀναιμωτί γε ·   sans-répandre-de-sang du moins ;
φθίνυθον δὲ   ils périssaient cependant
πολὺ παυρότεροι ·   beaucoup moins-nombreux ;
μέμνηντο γὰρ αἰεὶ   car ils songeaient toujours
ἀλεξέμεναι ἀλλήλοις   à écarter les-uns-des-autres
κατὰ ὅμιλον   dans la foule (mêlée)
φόνον αἰπύν.   la mort terrible.
    Οἱ μὲν   Ceux-ci à la vérité
μάρναντο ὣς ·   combattaient ainsi
δέμας πυρός ·   comme le feu ;
οὐδέ κε φαίης   et tu n'aurais dit
οὔτε ἠέλιον, οὔτε σελήνην   ni le soleil, ni la lune
ἔμμεναι ποτὲ σόον ·   être encore intacts :
ἄριστοι γὰρ   car les plus braves
ὅσσοι ἕστασαν   tous-ceux-qui se tenaient
ἀμφὶ Μενοιτιάδῃ κατατεθνηῶτι,   autour du fils-de-Ménétius mort,
κατέχοντο ἠέρι   étaient arrêtés par le brouillard
ἐπὶ μάχης.   dans le combat.
Οἱ δὲ ἄλλοι Τρῶες   Et les autres Troyens
καὶ Ἀχαιοὶ ἐϋκνήμιδες   et Achéens aux-belles-cnémides
πολέμιζον εὔκηλοι   combattaient tranquilles
ὑπὸ αἰθέρι ·   sous un ciel-serein ;
αὐγὴ δὲ ὀξεῖα ἠελίου   et l'éclat vif du soleil
πέπτατο,   s'était répandu,
νέφος δὲ οὐ φαίνετο   et un nuage n'apparaissait point
πάσης γαίης,   sur toute la terre,
οὐδὲ ὀρέων ·   ni sur les montagnes ;
ἐμάχοντο δὲ   et ils combattaient
μεταπαυόμενοι,   se reposant-par-intervalle,
ἀλεείνοντες βέλεα ἀλλήλων   évitant *les traits* les-uns-des-autres,
στονόεντα,   qui-font-gémir,
ἀφεσταότες πολλόν.   se tenant-éloignés beaucoup.
Τοὶ δὲ ἐν μέσῳ   Mais ceux qui *étaient* dans le milieu
ἔπασχον ἄλγεα   souffraient des douleurs
ἠέρι καὶ πολέμῳ ·   par les ténèbres et par la guerre ;

ὅσσοι ἄριστοι ἔσαν. Δύο δ' οὔπω φῶτε πεπύσθην,
ἀνέρε κυδαλίμω, Θρασυμήδης Ἀντίλοχός τε,
Πατρόκλοιο θανόντος ἀμύμονος, ἀλλ' ἔτ' ἔφαντο
ζωὸν ἐνὶ πρώτῳ ὁμάδῳ Τρώεσσι μάχεσθαι.   330
Τὼ δ' ἐπιοσσομένω θάνατον καὶ φύζαν ἑταίρων,
νόσφιν ἐμαρνάσθην, ἐπεὶ ὣς ἐπετέλλετο Νέστωρ,
ὀτρύνων πολεμόνδε μελαινάων ἀπὸ νηῶν.

Τοῖς δὲ πανημερίοις ἔριδος¹ μέγα νεῖκος ὀρώρει
ἀργαλέης· καμάτῳ δὲ καὶ ἱδρῷ νωλεμὲς αἰεὶ   335
γούνατά τε κνῆμαί τε, πόδες θ' ὑπένερθεν ἑκάστου,
χεῖρές τ' ὀφθαλμοί τε παλάσσετο μαρναμένοιϊν,
ἀμφ' ἀγαθὸν θεράποντα ποδώκεος Αἰακίδαο.
Ὡς δ' ὅτ' ἀνὴρ ταύροιο βοὸς μεγάλοιο βοείην
λαοῖσιν δώη τανύειν, μεθύουσαν ἀλοιφῇ·   390
δεξάμενοι δ' ἄρα τοίγε διαστάντες τανύουσι
κυκλόσ', ἄφαρ δέ τε ἰκμὰς ἔβη, δύνει δέ τ' ἀλοιφὴ,
πολλῶν ἑλκόντων, τάνυται δέ τε πᾶσα διαπρό·

Deux guerriers illustres, Thrasymède et Antiloque, ignoraient la mort de l'irréprochable Patrocle ; ils pensaient que, vivant encore, ce héros était aux premiers rangs et poursuivait les Troyens. Tous deux, voyant leurs compagnons fuir ou succomber, luttaient à l'écart, dociles aux ordres de Nestor, qui les avait envoyés au combat loin des sombres navires.

Cette grande et terrible lutte se prolongea tout le jour ; la sueur et la fatigue accablaient les guerriers dont les genoux, les jambes, les pieds, les mains et les yeux étaient souillés par la poussière dans le combat qui se livrait autour du valeureux compagnon d'Achille aux pieds légers. Lorsqu'un homme ordonne à ses serviteurs d'étendre la peau d'un énorme bœuf, imprégnée de graisse, ceux-ci la prennent, et, se tenant tous en cercle, ils la tirent avec force en sens contraire ; l'humidité s'en échappe aussitôt, et la graisse pénètre dans le cuir qui, sous leurs nombreux efforts, s'étend de toutes parts : ainsi, dans

ὅσσοι δὲ ἔσαν ἄριστοι
τείροντο χαλκῷ νηλέι.
Δύο δὲ φῶτε, ἀνέρε κυδαλίμω,
Θρασυμήδης Ἀντίλοχός τε,
οὔπω πεπύσθην
ἀμύμονος Πατρόκλοιο θανόντος,
ἀλλὰ ἔφαντο ζωὸν
μάχεσθαι ἔτι Τρώεσσιν
ἐνὶ πρώτῳ ὁμάδῳ.
Τὼ δὲ ἐπιοσσομένω θάνατον
καὶ φύζαν ἑταίρων,
ἐμαρνάσθην νόσφιν,
ἐπεὶ Νέστωρ ἐπετέλλετο ὥς,
ὀτρύνων πόλεμόνδε
ἀπὸ νηῶν μελαινάων.

Νεῖκος δὲ μέγα
ἔριδος ἀργαλέης
ὀρώρει τοῖς
κατημερίοις·
αἰεὶ δὲ νωλεμὲς
γούνατά τε κνῆμαί τε,
πόδες τε ἑκάστου ὑπένερθε,
χεῖρές τε ὀφθαλμοί τε
μαρναμένοιιν
ἀμφὶ ἀγαθὸν θεράποντα
Αἰακίδαο
ποδώκεος,
παλάσσετο καμάτῳ καὶ ἱδρῷ.
Ὡς δὲ ὅτε ἀνὴρ
δώῃ τανύειν λαοῖσι
βοείην
μεγάλοιο βοὸς ταύροιο,
μεθύουσαν ἀλοιφῇ·
τοίγε δὲ ἄρα δεξάμενοι
τανύουσι
διαστάντες κυκλόσε,
ἄφαρ δέ τε ἰκμὰς ἔβη,
ἀλοιφὴ δέ τε δύνει,
πολλῶν ἑλκόντων,
τάνυται δέ τε πᾶσα

et tous ceux qui étaient les plus braves
étaient épuisés par l'airain cruel.
Or deux hommes, guerriers illustres,
Thrasymède et Antiloque,
n'avaient pas encore été informés
de l'irréprochable Patrocle mort,
mais ils pensaient *lui* vivant
combattre encore les Troyens (rangs).
dans le premier tumulte (aux premiers
Et eux-deux songeant à la mort
et à la fuite de *leurs* compagnons,
combattaient à l'écart,
puisque Nestor *l'*avait ordonné ainsi,
les poussant au-combat
loin des vaisseaux noirs.

Or la lutte grande
d'une dispute funeste
s'était élevée pour eux
pendant-tout-le-jour ;
et toujours sans-cesse
et les genoux et les jambes,
et les pieds de chacun en-dessous,
et les mains et les yeux
d'*eux* combattant
autour du brave serviteur
du descendant-d'Éaque
aux-pieds-rapides,
étaient souillés de fatigue et de sueur.
Or comme lorsque un homme
a donné à étendre à *ses* serviteurs
la *peau* de-bœuf
d'un grand bœuf taureau,
imprégnée de graisse ;
or donc ceux-ci *l'*ayant reçue
*l'*étendent
s'étant éloignés en-cercle,
et aussitôt l'humidité *en* est sortie,
et la graisse pénètre,
beaucoup tirant *le cuir,*
et *la peau* est tendue tout-entière

ὣς οἵγ' ἔνθα καὶ ἔνθα νέκυν ὀλίγῃ ἐνὶ χώρῃ
ἕλκεον ἀμφότεροι· μάλα γάρ σφισιν ἔλπετο θυμὸς,   395
Τρωσὶν μὲν, ἐρύειν προτὶ Ἴλιον, αὐτὰρ Ἀχαιοῖς,
νῆας ἔπι γλαφυράς· περὶ δ' αὐτοῦ μῶλος ὀρώρει
ἄγριος· οὐδέ κ' Ἄρης λαοσσόος, οὐδέ κ' Ἀθήνη
τόνγε ἰδοῦσ' ὀνόσαιτ', οὐδ' εἰ μάλα μιν χόλος ἵκοι.

Τοῖον Ζεὺς ἐπὶ Πατρόκλῳ ἀνδρῶν τε καὶ ἵππων   400
ἤματι τῷ ἐτάνυσσε κακὸν πόνον. Οὐδ' ἄρα πώ τι
ᾔδεε Πάτροκλον τεθνηότα δῖος Ἀχιλλεύς.
Πολλὸν γὰρ ἀπάνευθε νεῶν μάρναντο θοάων,
τείχει ὕπο Τρώων· τό μιν οὔποτε ἔλπετο θυμῷ
τεθνάμεν, ἀλλὰ ζωὸν, ἐνιχριμφθέντα πύλῃσιν,   405
ἂψ ἀπονοστήσειν· ἐπεὶ οὐδὲ τὸ ἔλπετο πάμπαν,
ἐκπέρσειν πτολίεθρον ἄνευ ἕθεν, οὐδὲ σὺν αὐτῷ.
Πολλάκι γὰρ τόγε μητρὸς ἐπεύθετο, νόσφιν ἀκούων,
ἥ οἱ ἀπαγγέλλεσκε Διὸς μεγάλοιο νόημα·

un espace étroit, les Troyens et les Grecs tirent, chacun de leur côté,
le cadavre de Patrocle. Les Troyens espèrent l'entraîner jusque dans
Ilion, et les Achéens, l'emporter vers leurs creux navires; autour de
lui s'élève un affreux tumulte : ni Mars, qui excite les peuples, ni
Minerve elle-même en fureur, n'aurait pu se plaindre de leur mollesse.

Telles sont les rudes fatigues dont Jupiter accable en ce jour les
guerriers et les chevaux autour des restes de Patrocle. Le divin Achille
ne savait pas encore que Patrocle avait succombé; car on combattait
loin des rapides vaisseaux, sous les murs des Troyens. Il ne pensait
pas dans son cœur que son ami fût mort, mais il croyait que vivant
encore, après s'être approché des portes, il reviendrait vers les navires; car il n'espérait point que Patrocle pût sans lui, ni même avec
lui, renverser Ilion. Il tenait ce secret de Thétis sa mère, qui, l'entre-

διαπρό·	de-tous-côtés :
ὣς οἵγε	ainsi ceux-ci (les Troyens et les Grecs)
ἐνὶ χώρῃ ὀλίγῃ	dans un espace petit
ἕλκεον ἀμφότεροι	tiraient les-uns-et-les-autres
νέκυν ἔνθα καὶ ἔνθα·	le cadavre ici et là ;
θυμὸς γάρ σφισιν ἔλπετο μάλα,	car le cœur à eux espérait fortement,
Τρωσὶ μὲν,	aux Troyens à la vérité,
ἐρύειν προτὶ Ἴλιον,	le traîner vers Ilion,
αὐτὰρ Ἀχαιοῖς,	et aux Achéens,
ἐπὶ νῆας γλαφυράς·	le traîner vers les vaisseaux creux ;
μῶλος δὲ ἄγριος ὀρώρει	et un tumulte violent s'était élevé
περὶ αὐτοῦ·	au sujet de lui ;
οὐδὲ Ἄρης λαοσσόος,	ni Mars qui-excite-le-peuple,
οὐδὲ Ἀθήνη ἰδοῦσα τόνγε	ni Minerve ayant aperçu lui
ὀνόσαιτό κεν,	ne l'aurait blâmé,
οὐδὲ εἰ χόλος	pas-même si la colère
ἵκοι μιν μάλα.	avait pénétré elle fortement.
Ζεὺς τῷ ἤματι	Jupiter en ce jour
ἐτάνυσσεν ἐπὶ Πατρόκλῳ	déploya au-sujet-de Patrocle
τοῖον πόνον κακὸν	un tel travail funeste
ἀνδρῶν τε καὶ ἵππων·	et des hommes et des chevaux.
Δῖος δὲ ἄρα Ἀχιλλεὺς	Et donc le divin Achille
οὔπω τι ᾔδεε	ne savait pas encore
Πάτροκλον τεθνηότα.	Patrocle être mort.
Μάρναντο γὰρ πολλὸν ἀπάνευθε	Car ils combattaient bien à l'écart
νεῶν θοάων,	des vaisseaux rapides,
ὑπὸ τείχει Τρώων·	sous le mur des Troyens ;
τὸ οὔποτε ἔλπετο	pour cela (c'est pourquoi) il ne
θυμῷ	dans son cœur [pensait pas
μιν τεθνάμεν,	lui être mort,
ἀλλὰ ζωὸν,	mais il croyait lui vivant ;
ἐγχριμφθέντα πύλῃσιν,	s'étant approché des portes,
ἀπονοστήσειν ἄψ·	devoir revenir en arrière ;
ἐπεὶ οὐδὲ ἔλπετο πάμπαν τό,	puisqu'il n'espérait pas du tout cela,
ἐκπέρσειν πτολίεθρον	Patrocle devoir détruire la ville
ἄνευ ἕθεν, οὐδὲ σὺν αὐτῷ.	sans lui, ni-même avec lui.
Πολλάκι γὰρ	Car souvent
ἀκούων νόσφιν,	écoutant à l'écart (loin des autres),
ἐπεύθετο τόγε μητρὸς,	il avait appris cela de sa mère,
ἥ ἀπαγγέλλεσκέν οἱ	laquelle rapportait à lui

δὴ τότε γ' οὔ οἱ ἔειπε κακὸν τόσον, ὅσσον ἐτύχθη,
μήτηρ, ὅττι ῥά οἱ πολὺ φίλτατος ὤλεθ' ἑταῖρος.

Οἱ δ' αἰεὶ περὶ νεκρὸν, ἀκαχμένα δούρατ' ἔχοντες,
νωλεμὲς ἐγχρίμπτοντο, καὶ ἀλλήλους ἐνάριζον.
Ὧδε δέ τις εἴπεσκεν Ἀχαιῶν χαλκοχιτώνων·

« Ὦ φίλοι, οὐ μὰν ἧμιν εὐκλεὲς ἀπονέεσθαι   415
νῆας ἔπι γλαφυράς· ἀλλ' αὐτοῦ γαῖα μέλαινα
πᾶσι χάνοι! Τό κεν ἧμιν ἄφαρ πολὺ κέρδιον εἴη,
εἰ τοῦτον Τρώεσσι μεθήσομεν ἱπποδάμοισιν
ἄστυ πότι σφέτερον ἐρύσαι, καὶ κῦδος ἀρέσθαι. »

Ὣς δέ τις αὖ Τρώων μεγαθύμων αὐδήσασκεν·   420

« Ὦ φίλοι, εἰ καὶ μοῖρα παρ' ἀνέρι τῷδε δαμῆναι
πάντας ὁμῶς, μήπω τις ἐρωείτω πολέμοιο. »

Ὣς ἄρα τις εἴπεσκε, μένος δ' ὄρσασκεν ἑταίρου.

Ὣς οἱ μὲν μάρναντο· σιδήρειος δ' ὀρυμαγδὸς
χάλκεον οὐρανὸν ἷκε δι' αἰθέρος ἀτρυγέτοιο.   425

tenant à l'écart, lui révélait les desseins du grand Jupiter ; mais elle lui avait caché l'affreux malheur qui devait arriver, la perte de son compagnon le plus cher.

Les combattants, tenant leurs lances à la pointe acérée, ne cessent de lutter autour du cadavre, et s'immolent les uns les autres. Alors un des Achéens, aux cuirasses d'airain, s'écrie :

« Amis, c'est une honte pour nous de retourner auprès des creux navires. Ah! que plutôt la terre entr'ouvre ses abîmes pour nous y engloutir! Il vaudrait mieux périr que de permettre aux Troyens, dompteurs de coursiers, d'entraîner Patrocle jusque dans leur ville et de se couvrir ainsi de gloire. »

Un des magnanimes Troyens dit à son tour :

« Amis, dussions-nous, par l'ordre du Destin, succomber tous auprès de ce cadavre, qu'aucun de nous n'abandonne le combat. »

C'est ainsi que chacun, par ses paroles, ranime le courage de son compagnon.

Ainsi combattaient ces guerriers. Le bruit du fer monte à travers les plaines stériles de l'air jusqu'au ciel d'airain.

νόημα μεγάλοιο Διός·
δὴ τότε γε μήτηρ
οὐκ ἔειπέν οἱ κακὸν
τόσον, ὅσσον ἐτύχθη,
ὅττι ῥα ὤλετο ἑταῖρος
πολὺ φίλτατός οἱ.

Οἱ δὲ ἐγχρίμπτοντο αἰεὶ
νωλεμὲς περὶ νεκρὸν,
ἔχοντες δούρατα ἀκαχμένα,
καὶ ἐνάριζον ἀλλήλους·
Τίς δὲ Ἀχαιῶν
χαλκοχιτώνων
εἴπεσκεν ὧδε·

« Ὦ φίλοι,
οὐ μὲν ἐϋκλεὲς ἡμῖν
ἀπονέεσθαι ἐπὶ νῆας γλαφυράς·
ἀλλὰ γαῖα μέλαινα
χάνοι πᾶσιν αὐτοῦ !
Τὸ ἄφαρ κεν εἴη ἡμῖν
πολὺ κέρδιον,
εἰ μεθήσομεν
Τρώεσσιν ἱπποδάμοισιν
ἐρύσαι τοῦτον
ποτὶ σφέτερον ἄστυ,
καὶ ἀρέσθαι κῦδος. »
Τίς δὲ
Τρώων μεγαθύμων
αὐδήσασκεν ὧς αὖ·

« Ὦ φίλοι, εἰ καὶ μοῖρα
πάντας ὁμῶς δαμῆναι
παρὰ τῷδε ἀνέρι,
μήπω τις
ἐρωείτω πολέμοιο. »
Τίς ἄρα εἴπεσκεν ὧς,
ὄρσασκε δὲ μένος
ἑταίρου.

Οἱ μὲν μάρναντο ὧς·
ὀρυμαγδὸς δὲ σιδήρειος
ἵκεν οὐρανὸν χάλκεον
διὰ αἰθέρος ἀτρυγέτοιο.

---

la pensée du grand Jupiter;
mais alors du moins sa mère
ne dit pas à lui le malheur
aussi-grand, qu'il fut accompli,
que certes avait péri le compagnon
de beaucoup le plus cher à lui.

Or ceux-ci se heurtaient toujours
sans-cesse autour du mort,
ayant *leurs* lances aiguisées,
et *se* tuaient les-uns-les-autres.
Et quelqu'un des Achéens
aux-cuirasses-d'airain
disait ainsi :

« O amis,
il n'*est* certes pas glorieux pour nous
de retourner vers les vaisseaux creux;
mais que la terre noire
s'entr'ouvre pour *nous* tous ici !
Cela arrivant aussitôt serait pour
de beaucoup meilleur,   [nous
si nous devons-permettre
aux Troyens dompteurs-de-chevaux
de traîner celui-ci (Patrocle)
vers leur ville,
et de remporter de la gloire. »
Et quelqu'un
des Troyens magnanimes
parlait ainsi à son tour :

« O amis, même si le destin *était*
nous tous ensemble être domptés
auprès de cet homme,
que-jamais quelqu'un
ne se retire du combat. »
Quelqu'un donc disait ainsi,
et excitait le courage
de *son* compagnon.

Ceux-ci combattaient ainsi;
et un bruit de-fer
venait au ciel d'-airain
à travers l'air stérile.

Ἵπποι δ' Αἰακίδαο, μάχης ἀπάνευθεν ἐόντες,
κλαῖον[1], ἐπειδὴ πρῶτα πυθέσθην ἡνιόχοιο
ἐν κονίῃσι πεσόντος ὑφ' Ἕκτορος ἀνδροφόνοιο.
Ἦ μὲν Αὐτομέδων, Διώρεος ἄλκιμος υἱὸς,
πολλὰ μὲν ἂρ μάστιγι θοῇ ἐπεμαίετο θείνων,   130
πολλὰ δὲ μειλιχίῃσι προσηύδα, πολλὰ δ' ἀρειῇ·
τὼ δ' οὔτ' ἂψ ἐπὶ νῆας ἐπὶ πλατὺν Ἑλλήσποντον
ἠθελέτην ἰέναι, οὔτ' ἐς πόλεμον μετ' Ἀχαιούς·
ἀλλ' ὥστε στήλη μένει ἔμπεδον, ἥτ' ἐπὶ τύμβῳ
ἀνέρος ἑστήκει τεθνηότος ἠὲ γυναικός·   135
ὣς μένον ἀσφαλέως περικαλλέα δίφρον ἔχοντες,
οὔδει ἐνισκίμψαντε καρήατα· δάκρυα δέ σφι
θερμὰ κατὰ βλεφάρων χαμάδις ῥέε μυρομένοισιν,
ἡνιόχοιο πόθῳ· θαλερὴ δὲ μιαίνετο χαίτη,
ζεύγλης ἐξεριποῦσα παρὰ ζυγὸν ἀμφοτέρωθεν.   140
Μυρομένω δ' ἄρα τώγε ἰδὼν ἐλέησε Κρονίων,
κινήσας δὲ κάρη, προτὶ ὃν μυθήσατο θυμόν·

Les coursiers d'Achille pleuraient, loin du champ de bataille, depuis qu'ils avaient vu leur guide tombé dans la poussière, sous les coups de l'homicide Hector. Cependant Automédon, valeureux fils de Diorès, les excite tantôt en les frappant de son fouet rapide, tantôt en leur adressant de douces paroles, tantôt en leur faisant des menaces; mais ils ne veulent ni retourner vers les vaisseaux près du large Hellespont, ni se mêler au combat des Achéens. De même que la colonne funéraire reste immobile sur le tombeau d'un homme ou d'une femme : de même ils restent sans mouvement attelés au char magnifique, la tête penchée vers la terre; des larmes brûlantes coulent de leurs paupières : tant ils sont sensibles à la perte de Patrocle! Leur brillante crinière tombe, souillée de sang, de chaque côté du joug. A la vue d'une si grande douleur, le fils de Saturne est ému de pitié; il agite sa tête et dit en son cœur :

Ἵπποι δὲ
Αἰακίδαο,
ἰόντες ἀπάνευθε μάχης,
κλαῖον, ἐπειδὴ πρῶτα
πυθέσθην ἡνιόχοιο
πεσόντος ἐν κονίῃσιν
ὑπὸ ἀνδροφόνοιο Ἕκτορος·
Ἡ μὲν Αὐτομέδων,
υἱὸς ἄλκιμος Διώρεος,
πολλὰ μὲν ἄρ ἐπεμαίετο
θείνων μάστιγι θοῇ,
πολλὰ δὲ προσηύδα
μειλιχίοισι,
πολλὰ δὲ ἀρειῇ·
τὼ δὲ οὔτε ἠθελέτην
ἰέναι ἂψ ἐπὶ νῆας
ἐπὶ Ἑλλήσποντον πλατὺν,
οὔτε ἐς πόλεμον μετὰ Ἀχαιούς·
ἀλλὰ ὥστε στήλη
μένει ἔμπεδον,
ἥτε ἑστήκει ἐπὶ τύμβῳ
ἀνέρος τεθνηότος ἠὲ γυναικός·
ὣς μένον
ἔχοντες δίφρον περικαλλέα
ἀσφαλέως,
ἐνισκίμψαντε καρήατα οὔδει·
δάκρυα δὲ θερμὰ
ῥέε χαμάδις κατὰ βλεφάρων
σφι μυρομένοισι,
πόθῳ ἡνιόχοιο·
χαίτη δὲ θαλερὴ
μιαίνετο,
ἐκπιποῦσα ἀμφοτέρωθεν
ζεύγλης
παρὰ ζυγόν.
Κρονίων δὲ ἄρα
ἰδὼν τώγε μυρομένω
ἐλέησε,
κινήσας δὲ κάρη,
μυθήσατο προτὶ ὃν θυμόν·

Or les chevaux
du descendant-d'Éaque,
étant à l'écart du combat,
pleuraient, lorsque d'abord (dès que)
ils eurent remarqué *leur* conducteur
tombé (renversé) dans la poussière
par l'homicide Hector.
Certes pourtant Automédon,
fils courageux de Diorès,
souvent d'un côté *les* pressait
en *les* frappant du fouet rapide,
souvent de l'autre s'adressait-à *eux*
par des *paroles* douces,
et souvent par des menaces;
mais ceux-ci ne voulaient point
aller en arrière vers les vaisseaux
vers l'Hellespont large,
ni au combat vers les Achéens;
mais comme une colonne
reste ferme (immobile),
laquelle se tient sur le tombeau
d'un homme mort ou d'une femme :
ainsi ils restaient
tenant le char magnifique
sans-bouger,
ayant approché *leurs* têtes de la terre;
et des larmes chaudes
coulaient à-terre des paupières
à eux se lamentant,   [ducteur;
par le regret *de la perte* du con-
et *leur* crinière brillante
était souillée,
tombant de-chaque-côté
de la partie-latérale-du-joug
le-long-du-joug.
Or donc le fils-de-Saturne
ayant vu ceux-ci se lamentant
les prit-en-pitié,
et ayant agité sa tête,
il dit à (en) son cœur :

« Ἄ δειλώ, τί σφωῖ δόμεν Πηλῆϊ ἄνακτι
θνητῷ (ὑμεῖς δ’ ἐστὸν ἀγήρω τ’ ἀθανάτω τε);
Ἦ ἵνα δυστήνοισι μετ’ ἀνδράσιν ἄλγε’ ἔχητον;   115
Οὐ μὲν γάρ τί πού ἐστιν ὀϊζυρώτερον ἀνδρὸς
πάντων ὅσσα τε γαῖαν ἔπι πνείει τε καὶ ἕρπει.
Ἀλλ’ οὐ μὲν ὑμῖν γε καὶ ἅρμασι δαιδαλέοισιν
Ἕκτωρ Πριαμίδης ἐποχήσεται· οὐ γὰρ ἐάσω.
Ἦ οὐχ ἅλις ὡς καὶ τεύχε’ ἔχει, καὶ ἐπεύχεται αὔτως;   150
Σφῶϊν δ’ ἐν γούνασσι βαλῶ μένος ἠδ’ ἐνὶ θυμῷ,
ὄφρα καὶ Αὐτομέδοντα σαώσετον ἐκ πολέμοιο
νῆας ἔπι γλαφυράς· ἔτι γάρ σφισι κῦδος ὀρέξω,
κτείνειν, εἰσόκε νῆας ἐϋσσέλμους ἀφίκωνται,
δύῃ τ’ ἠέλιος καὶ ἐπὶ κνέφας ἱερὸν ἔλθῃ. »   155
Ὣς εἰπών, ἵπποισιν ἐνέπνευσεν μένος ἠΰ.
Τὼ δ’, ἀπὸ χαιτάων κονίην οὐδάσδε βαλόντε,

« Ah ! malheureux ! Pourquoi vous donnâmes-nous à Pélée, roi
mortel, vous que ne doivent atteindre ni la vieillesse ni la mort ?
Était-ce pour que vous eussiez à supporter les souffrances des malheureux mortels ? Parmi les êtres qui respirent et rampent sur la
terre, il n'en est certes point de plus infortuné que l'homme. Mais
Hector, fils de Priam, ne montera point sur votre superbe char : je
ne le permettrai pas. N'est-ce donc pas assez qu'il ait revêtu les armes
d'Achille, et qu'il s'en glorifie ? Je vais donner de la force à vos
membres, du courage à vos cœurs, afin que vous emportiez Automédon loin du combat vers les creux navires ; car j'accorderai encore
aux Troyens la gloire de porter partout le carnage, jusqu'au moment
où ils seront arrivés près des vaisseaux aux nombreux bancs de ra-
meurs, et où le soleil se couchant fera place à la divine obscurité de
la nuit. »

Par ces paroles, il leur inspire une généreuse ardeur. Les coursiers
aussitôt, secouant la poussière qui couvre leur crinière épaisse, en-

« Ἆ δειλώ,	« Ah, malheureux !
τί δόμεν σφῶϊ	pourquoi donnâmes-nous vous
Πηλῆϊ ἄνακτι θνητῷ	à Pélée roi mortel
(ὑμεῖς δὲ ἐστὸν	(or vous, vous êtes
ἀγήρω τε	et exempts-de-vieillesse
ἀθανάτω τε);	et immortels)?
Ἦ ἵνα	Est-ce que *c'était* afin que
ἔχητον ἄλγεα	vous eussiez des douleurs
μετὰ ἀνδράσι δυστήνοισιν;	parmi les hommes malheureux ?
Οὔτι μὲν γάρ ἐστί που	Car il n'est rien quelque-part
ὀϊζυρώτερον ἀνδρὸς	de plus misérable que l'homme
πάντων ὅσσα τε πνείει τε	parmi tout ce-qui et respire
καὶ ἕρπει ἐπὶ γαῖαν.	et rampe sur la terre.
Ἀλλὰ μὰν Ἕκτωρ Πριαμίδης	Mais certes Hector fils-de-Priam
οὐκ ἐποχήσεται ὑμῖν γε	ne sera pas porté-sur vous du moins
καὶ ἅρμασι δαιδαλέοισιν·	et sur votre char magnifique ;
οὐ γὰρ ἐάσω.	car je ne *le* permettrai pas.
Ἦ οὐχ ἅλις	Est-ce que *ce n'est* pas assez
ὡς καὶ ἔχει τεύχεα,	que et il ait les armes d'*Achille*,
καὶ ἐπεύχεται αὕτως;	et il se glorifie ainsi ?
Βαλῶ δὲ μένος	Or je mettrai de la force
ἐν γούνασσιν	dans les genoux
ἠδὲ ἐνὶ θυμῷ σφῶϊν,	et dans le cœur à vous,
ὄφρα σαώσετον ἐκ πολέμοιο	afin que vous sauviez du combat
καὶ Αὐτομέδοντα	aussi Automédon
ἐπὶ νῆας γλαφυράς·	vers les vaisseaux creux ;
ὀρέξω γὰρ ἔτι σφισὶ	car j'accorderai encore à eux
κῦδος, κτείνειν,	la gloire, *à savoir*, de tuer,
εἰσόκεν ἀφίκωνται	jusqu'à ce qu'ils soient arrivés
νῆας	aux vaisseaux
ἐϋσσέλμους,	bien-garnis-de-rameurs,
ἠέλιός τε δύῃ,	et *que* le soleil se soit couché,
καὶ κνέφας ἱερὸν	et que l'obscurité sacrée
ἐπέλθῃ. »	soit survenue. »
Εἰπὼν ὥς,	Ayant dit ainsi,
ἐνέπνευσεν ἵπποισι	il souffla aux chevaux
μένος ἠΰ.	une force généreuse.
Τὼ δέ, βαλόντε οὔδάσδε	Et ceux-ci, ayant jeté à-terre
κονίην ἀπὸ χαιτάων,	la poussière de *leurs* crinières,
ἔφερον ῥίμφα	emportaient promptement

ῥίμφ' ἔφερον θοὸν ἅρμα μετὰ Τρῶας καὶ Ἀχαιούς.
Τοῖσι δ' ἐπ' Αὐτομέδων μάχετ', ἀχνύμενός περ ἑταίρου,
ἵπποις ἀΐσσων, ὥστ' αἰγυπιὸς μετὰ χῆνας·   460
ῥία μὲν γὰρ φεύγεσκεν ὑπὲκ Τρώων ὀρυμαγδοῦ,
ῥεῖα δ' ἐπαΐξασκε πολὺν καθ' ὅμιλον ὀπάζων.
Ἀλλ' οὐχ ᾕρει φῶτας, ὅτε σεύαιτο διώκειν·
οὐ γάρ πως ἦν, οἶον ἐόνθ' ἱερῷ ἐνὶ δίφρῳ
ἔγχει ἐφορμᾶσθαι, καὶ ἐπίσχειν ὠκέας ἵππους.   465
Ὀψὲ δὲ δή μιν ἑταῖρος ἀνὴρ ἴδεν ὀφθαλμοῖσιν
Ἀλκιμέδων, υἱὸς Λαέρκεος Αἱμονίδαο·
στῆ δ' ὄπιθεν δίφροιο, καὶ Αὐτομέδοντα προσηύδα·
   « Αὐτόμεδον, τίς τοί νυ θεῶν νηκερδέα βουλὴν
ἐν στήθεσσιν ἔθηκε, καὶ ἐξέλετο φρένας ἐσθλάς;   470
οἶον πρὸς Τρῶας μάχεαι πρώτῳ ἐν ὁμίλῳ
μοῦνος· ἀτάρ τοι ἑταῖρος ἀπέκτατο· τεύχεα δ' Ἕκτωρ
αὐτὸς ἔχων ὤμοισιν ἀγάλλεται Αἰακίδαο. »
   Τὸν δ' αὖτ Αὐτομέδων προσέφη, Διώρεος υἱός·
   « Ἀλκίμεδον, τίς γάρ τοι Ἀχαιῶν ἄλλος ὁμοῖος   475

traînent à la hâte le char rapide au milieu des Grecs et des Troyens.
Automédon, malgré la douleur que lui cause la mort de son compagnon, se précipite au combat emporté sur ces coursiers, comme un
vautour fond au milieu d'une troupe d'oies. Il échappe facilement au
tumulte des Troyens et s'élance à la poursuite de leurs nombreuses
phalanges; mais dans sa course impétueuse, il n'immole aucun guerrier; car, seul sur le char divin, il ne peut à la fois lancer le javelot
et retenir les rapides coursiers. Enfin un de ses compagnons, Alcimédon, fils de Laercès descendant d'Émon, l'aperçoit; il se tient derrière le char et dit à Automédon :

   « Automédon, quel est donc celui des dieux qui t'a inspiré ce fatal
dessein et qui t'a ravi la raison? Insensé! Tu combats seul aux premiers rangs contre les Troyens! Cependant ton noble compagnon a
succombé; et Hector est fier de porter lui-même sur ses épaules les
armes d'Achille. »

Automédon, fils de Diorès, lui répond en ces termes :

   « Alcimédon, quel est celui qui, parmi les Achéens, pourrait comme

ἅμα θεὸν
μετὰ Τρῶας καὶ Ἀχαιούς.
Αὐτομέδων δὲ, ἀχνύμενός περ ἑταίρου,
μάχετο
ἀΐσσων ἐπὶ τοῖσιν ἵπποις,
ὥστε αἰγυπιὸς μετὰ χῆνας·
φεύγεσκε μὲν γὰρ ῥέα
ὑπὲκ ὀρυμαγδοῦ Τρώων,
ἐπαΐξασκε δὲ ῥεῖα
κατὰ ὅμιλον πολὺν
ὀπάζων.
ἀλλὰ οὐχ ᾕρει φῶτας,
ὅτε σεύαιτο διώκειν·
οὔπως γὰρ ἦν
ἐόντα οἷον ἐνὶ δίφρῳ ἱερῷ
ἐφορμᾶσθαι ἔγχει,
καὶ ἐπίσχειν ἵππους ὠκέας.
Ὀψὲ δὲ δὴ ἀνὴρ ἑταῖρος,
Ἀλκιμέδων,
υἱὸς Λαέρκεος Αἱμονίδαο.
ἴδε μιν ὀφθαλμοῖσι·
στῆ δὲ ὄπιθεν δίφροιο,
καὶ προσηύδα Αὐτομέδοντα·
« Αὐτόμεδον, τίς θεῶν νυ
ἔθηκέ τοι ἐν στήθεσσι
βουλὴν νηκερδέα,
καὶ ἐξέλετο ἐσθλὰς φρένας;
οἷον μάχεαι μοῦνος
πρὸς Τρῶας·
ἐν πρώτῳ ὁμίλῳ·
ἀτάρ ἑταῖρός τοι
ἀπέκτατο·
Ἕκτωρ δὲ ἀγάλλεται
ἔχων αὐτὸς ὤμοισι
τεύχεα Αἰακίδαο. »
Αὐτομέδων δὲ, υἱὸς Διώρεος,
προσέφη τὸν αὖτε·
« Ἀλκίμεδον,
τίς γάρ τοι ἄλλος Ἀχαιῶν

le char rapide
parmi les Troyens et les Achéens.
Et Automédon, quoique affligé
à cause de son compagnon,
combattait
s'élançant sur ces chevaux,
comme un vautour parmi des oies ;
car il fuyait à la vérité facilement
du tumulte des Troyens,
et il s'élançait facilement
à travers la foule nombreuse
en poursuivant.
Mais il ne tuait pas d'hommes,
lorsqu'il s'élançait pour poursuivre ;
car il n'était nullement possible
lui étant seul sur le char divin
s'élancer avec sa lance,
et retenir les chevaux rapides.
Mais enfin un homme compagnon,
Alcimédon,
fils de Laërcès issu-d'Émon,
vit lui de ses yeux ;
or il se tint derrière le char,
et dit-à Automédon :
« Automédon, lequel des dieux donc
a mis à toi dans la poitrine
un dessein inutile,
et t'a enlevé le bon sens ?
puisque tu combats seul
contre les Troyens   [rangs) ;
dans la première foule (aux premiers
cependant un compagnon à toi
a été tué ;
et Hector se glorifie
ayant lui-même sur les épaules
les armes du descendant-d'Éaque. »
Et Automédon, fils de Diorès,
dit-à lui de-son-côté :
« Alcimédon,
quel autre donc parmi les Achéens

ἵππων ἀθανάτων ἐχέμεν δμῆσίν τε μένος τε,
εἰ μὴ Πάτροκλος, θεόφιν μήστωρ ἀτάλαντος;
ζωὸς ἐών; Νῦν αὖ θάνατος καὶ μοῖρα κιχάνει·
ἀλλὰ σὺ μὲν μάστιγα καὶ ἡνία σιγαλόεντα
δέξαι, ἐγὼ δ' ἵππων ἀποβήσομαι, ὄφρα μάχωμαι. »   480

Ὣς ἔφατ'· Ἀλκιμέδων δὲ, βοηθόον ἅρμ' ἐπορούσας,
καρπαλίμως μάστιγα καὶ ἡνία λάζετο χερσίν·
Αὐτομέδων δ' ἀπόρουσε. Νόησε δὲ φαίδιμος Ἕκτωρ·
αὐτίκα δ' Αἰνείαν προσεφώνεεν, ἐγγὺς ἐόντα·

« Αἰνεία, Τρώων βουληφόρε χαλκοχιτώνων,   485
ἵππω τώδ' ἐνόησα ποδώκεος Αἰακίδαο ·
ἐς πόλεμον προφανέντε σὺν ἡνιόχοισι κακοῖσι.
Τῷ κεν ἐελποίμην αἱρησέμεν, εἰ σύγε θυμῷ
σῷ ἐθέλεις· ἐπεὶ οὐκ ἂν, ἐφορμηθέντε γε νῶϊ,
τλαῖεν ἐναντίβιον στάντες μαχέσασθαι Ἄρηϊ. »   490

toi arrêter et exciter l'élan des coursiers immortels, si ce n'est Patrocle, égal aux dieux par la prudence de ses conseils, lorsqu'il était plein de vie? Mais il est maintenant au pouvoir de la mort et de la sombre Parque. Prends le fouet et les rênes brillantes; moi, je descendrai du char pour combattre. »

Il dit; et Alcimédon, s'élançant sur le char rapide, saisit aussitôt de ses mains le fouet et les rênes; Automédon descend; le brillant Hector, qui les aperçoit, s'approche d'Énée et lui dit :

« Énée, conseiller des Troyens aux cuirasses d'airain, je viens d'apercevoir les coursiers du rapide Achille, conduits au milieu des combats par des écuyers maladroits. Aussi j'espère m'en rendre maître, si tu veux me seconder. Précipitons-nous sur ces guerriers; ils n'oseront point lutter face à face avec nous. »

ὁμοῖος	est semblable à toi
ἐχέμεν	pour avoir-en-main
ἑρξῖν τε μένος τε	et la répression et l'élan
ἵππων ἀθανάτων,	de ces chevaux immortels,
εἰ μὴ Πάτροκλος,	si ce n'est Patrocle,
μήστωρ ἀτάλαντος θεόφιν,	conseiller égal aux dieux,
ἐὼν ζωός;	étant (quand il était) vivant ?
Νῦν αὖ θάνατος	Mais maintenant la mort
καὶ μοῖρα	et la destinée
κιχάνει·	l'atteignent (l'ont atteint);
ἀλλὰ σὺ μὲν	mais toi à la vérité
δέξαι μάστιγα	prends le fouet
καὶ ἡνία σιγαλόεντα,	et les rênes splendides,
ἐγὼ δὲ ἀποβήσομαι ἵππων,	et moi je descendrai des chevaux,
ὄφρα μάχωμαι. »	afin que je combatte. »
Ἔρατο ὥς· Ἀλκιμέδων δὲ	Il dit ainsi ; et Alcimédon
ἐπορούσας	s'étant élancé
ἅρμα βοηθόον,	sur le char qui-vole-au-combat,
λάζετο καρπαλίμως χερσὶ	prit promptement dans ses mains
μάστιγα καὶ ἡνία·	le fouet et les rênes;
Αὐτομέδων δὲ ἀπόρουσε.	et Automédon s'élança du char.
Φαίδιμος δὲ Ἕκτωρ νόησεν·	Or le brillant Hector les aperçut;
αὐτίκα δὲ	et aussitôt
προσεφώνεεν Αἰνείαν,	il parla-à Énée,
ἐόντα ἐγγύς·	qui-était tout-près de lui :
« Αἰνεία,	« Énée,
βουληφόρε Τρώων	conseiller des Troyens
χαλκοχιτώνων,	aux-cuirasses-d'airain,
ἐνόησα τώδε ἵππω	j'ai aperçu ces-deux chevaux
Αἰακίδαο	du descendant-d'Éaque
ὠκύπεος·	aux-pieds-rapides
προφανέντε ἐς πόλεμον	ayant paru dans le combat
σὺν ἡνιόχοισι κακοῖσι.	avec des conducteurs maladroits.
Τῷ κεν ἐελποίμην αἱρησέμεν,	Aussi j'espérerais les enlever,
εἰ σύγε	si toi-du-moins
ἐθέλεις σῷ θυμῷ·	tu le veux dans ton cœur ; [eux,
ἐπεί, νῶί γε ἐφορμηθέντε,	puisque, nous nous étant élancés-sur
οὐκ ἂν τλαῖεν	ils ne supporteraient pas
μαχέσασθαι Ἄρηϊ	de combattre par Mars
στάντες ἐναντίβιον. »	en se tenant en-face. »

Ὣς ἔφατ'· οὐδ' ἀπίθησεν ἐὺς παῖς Ἀγχίσαο.
Τὼ δ' ἰθὺς βήτην, βοέης εἰλυμένω ὤμους
αὔῃσι, στερεῇσι· πολὺς δ' ἐπελήλατο χαλκός.
Τοῖσι δ' ἅμα Χρομίος τε καὶ Ἄρητος θεοειδὴς
ᾖσαν ἀμφότεροι· μάλα δέ σφισιν ἔλπετο θυμὸς   495
αὐτώ τε κτενέειν, ἐλάαν τ' ἐριαύχενας ἵππους·
νήπιοι, οὐδ' ἄρ' ἔμελλον ἀναιμωτί γε νέεσθαι
αὖτις ἀπ' Αὐτομέδοντος. Ὁ δ' εὐξάμενος Διὶ πατρὶ,
ἀλκῆς καὶ σθένεος πλῆτο φρένας ἀμφιμελαίνας.
Αὐτίκα δ' Ἀλκιμέδοντα προσηύδα, πιστὸν ἑταῖρον·   500

 « Ἀλκίμεδον, μὴ δή μοι ἀπόπρωθεν ἰσχέμεν ἵππους,
ἀλλὰ μάλ' ἐμπνείοντε μεταφρένῳ. Οὐ γὰρ ἔγωγε
Ἕκτορα Πριαμίδην μένεος σχήσεσθαι ὀΐω,
πρίν γ' ἐπ' Ἀχιλλῆος καλλίτριχε βήμεναι ἵππω,
νῶϊ κατακτείναντα, φοβῆσαί τε στίχας ἀνδρῶν   505
Ἀργείων, ἤ κ' αὐτὸς ἐνὶ πρώτοισιν ἁλώῃ. »

Il dit; et le noble fils d'Anchise obéit aussitôt. Les deux héros s'avancent, les épaules couvertes de solides boucliers formés de peaux de bœuf et garnis de lames d'airain; avec eux marchent Chromius et Arétus aux formes divines. Ils espèrent dans leur âme immoler leurs ennemis et ravir les superbes coursiers. Les insensés! Ils ne doivent point revenir sans que leur sang ait coulé sous les coups d'Automédon. Ce guerrier, après avoir imploré Jupiter, sent dans son cœur une force et une ardeur nouvelles. Aussitôt il s'adresse à Alcimédon, son compagnon fidèle :

« Alcimédon, ne tiens pas les chevaux éloignés de moi; je veux sentir leur haleine sur mes épaules. Car je ne pense pas qu'Hector, fils de Priam, mette un terme à sa fureur, avant de nous avoir immolés tous deux, avant d'être monté sur les superbes coursiers d'Achille, avant d'avoir dispersé les bataillons argiens ou d'avoir été fait prisonnier lui-même aux premiers rangs. »

Ἔρατο ὣς·	Il dit ainsi;
ἑὸς δὲ παῖς Ἀγχίσαο	et le noble fils d'Anchise
οὐκ ἀπίθησε.	ne désobéit pas.
Τὼ δὲ βήτην ἰθύς,	Et ceux-ci-tous-deux allèrent droit,
εἰλυμένω ὤμους	enveloppés *quant* aux épaules
βοέῃς αὖῃσι,	de *peaux* de-bœufs desséchées,
στερεῇς·	solides;
χαλκὸς δὲ πολὺς	or un airain épais
ἐπελήλατο.	avait été étendu-dessus.
Ἅμα δὲ τοῖσι Χρομίος τε	Et avec eux et Chromius
καὶ Ἄρητος θεοειδὴς	et Arétus à-la-forme-divine
ᾖσαν ἀμφότεροι·	allèrent tous-les-deux;
θυμὸς δέ σφισιν ἔλπετο μάλα	et le cœur à eux espérait beaucoup
κτενέειν τε αὐτώ,	et *les* tuer eux-mêmes,
ἐλάαν τε ἵππους ἐριαύχενας·	et emmener les chevaux au-cou-élevé:
νήπιοι,	insensés,
οὐδὲ ἔμελλον ἄρα γε	ils ne devaient donc plus du moins
νέεσθαι αὖτις	aller en arrière (retourner)
ἀπὸ Αὐτομέδοντος	d'auprès d'Automédon
ἀναιμωτί.	sans-avoir-versé-du-sang.
Ὁ δὲ εὐξάμενος	Or celui-ci, ayant adressé-des-prières
Διὶ πατρί,	à Jupiter père *des hommes*,
πλῆτο ἀλκῆς καὶ σθένεος·	fut rempli de courage et de force
φρένας ἀμφιμελαίνας.	*dans son* cœur noir-tout-autour.
Αὐτίκα δὲ προσηύδα	Et aussitôt il s'adressa
Ἀλκιμέδοντα, ἑταῖρον πιστόν·	à Alcimédon, *son compagnon fidèle* :
«Ἀλκίμεδον, μὴ δὴ ἰσχέμεν μοι	« Alcimédon, ne tiens pas à moi
ἵππους ἀπόπροθεν,	les chevaux á distance, [dos.
ἀλλὰ μάλα ἐμπνείοντε μεταφρένῳ.	mais tout-à-fait soufflant-sur *mon*
Ἔγωγε γὰρ οὐκ ὀίω	Car moi-du-moins je ne pense pas
Ἕκτορα Πριαμίδην	Hector fils-de-Priam
σχήσεσθαι μένεος,	devoir se désister de *son* ardeur,
πρίν γε ἐπιβήμεναι	avant du moins d'avoir monté
ἵππω Ἀχιλλῆος	sur les chevaux d'Achille
καλλίτριχε,	à-la-belle-crinière,
κατακτείναντα νῶϊ,	ayant tué nous-deux,
φοβῆσαί τε	et d'avoir mis-en-fuite
στίχας ἀνδρῶν Ἀργείων,	les bataillons des guerriers argiens,
ἢ αὐτός κεν ἁλῴη	ou *avant que* lui-même ait été pris
ἐνὶ πρώτοισιν. »	parmi les premiers *combattants*. »

'Ως εἰπὼν, Αἴαντε καλέσσατο καὶ Μενέλαον·

« Αἴαντ', Ἀργείων ἡγήτορε, καὶ Μενέλαε,

ἤτοι μὲν τὸν νεκρὸν ἐπιτράπεθ', οἵπερ ἄριστοι,

ἀμφ' αὐτῷ βεβάμεν, καὶ ἀμύνεσθαι στίχας ἀνδρῶν·   510

νῶϊν δὲ ζωοῖσιν ἀμύνετε νηλεὲς ἦμαρ.

Τῇδε γὰρ ἔβρισαν πόλεμον κάτα δακρυόεντα

Ἕκτωρ Αἰνείας θ', οἳ Τρώων εἰσὶν ἄριστοι.

Ἀλλ' ἤτοι μὲν ταῦτα θεῶν ἐν γούνασι κεῖται·

ἥσω γὰρ καὶ ἐγώ· τὰ δέ κεν Διῒ πάντα μελήσει. »   515

Ἦ ῥα, καὶ ἀμπεπαλὼν προΐει δολιχόσκιον ἔγχος,

καὶ βάλεν Ἀρήτοιο κατ' ἀσπίδα πάντοσ' ἐΐσην·

ἡ δ' οὐκ ἔγχος ἔρυτο, διαπρὸ δὲ εἴσατο χαλκός·

νειαίρῃ δ' ἐν γαστρὶ διὰ ζωστῆρος ἔλασσεν.

Ὡς δ' ὅτ' ἂν ὀξὺν ἔχων πέλεκυν αἰζήϊος ἀνήρ,   520

κόψας ἐξόπιθεν κεράων βοὸς ἀγραύλοιο,

ἵνα τάμῃ διὰ πᾶσαν, ὁ δὲ προθορὼν ἐρίπῃσιν·

ὣς ἄρ' ὅγε προθορὼν πέσεν ὕπτιος· ἐν δέ οἱ ἔγχος,

Il dit, puis il appelle les deux Ajax et Ménélas :

« Ajax, chefs des Grecs, et toi, Ménélas, confiez aux plus vaillants guerriers le soin de protéger les restes de Patrocle et d'écarter les phalanges ennemies, et détournez de nous le jour fatal. Hector et Énée, les plus braves des Troyens, dirigent leurs efforts de ce côté dans cette guerre lamentable. Mais notre sort est entre les mains des dieux. Pour moi, je lancerai mon javelot; Jupiter prendra soin de tout. »

Il dit, et brandissant une longue javeline, il la lance et atteint le bouclier bien arrondi d'Arétus; le trait, loin d'être arrêté, pénètre tout entier, et s'enfonce, à travers le baudrier, jusque dans les flancs du héros. Lorsqu'un homme encore jeune, tenant à la main une hache tranchante, frappe au-dessus des cornes un bœuf rustique, et coupe entièrement les nerfs du cou, l'animal bondit et tombe : tel Arétus

Εἰπὼν ὥς, καλέσσατο	Ayant dit ainsi, il appela
Αἴαντε καὶ Μενέλαον·	les deux-Ajax et Ménélas :
« Αἴαντε, ἡγήτορε Ἀργείων,	« Ajax, chefs des Argiens,
καὶ Μενέλαε, ἤτοι μὲν	et toi, Ménélas, certes à la vérité
ἐπιτράπετε τὸν νεκρὸν,	confiez le mort
ὅπερ ἄριστοι,	à ceux qui sont les meilleurs,
βεβάμεν ἀμφὶ αὐτῷ,	pour aller autour de lui,
καὶ ἀμύνεσθαι	et pour écarter
στίχας ἀνδρῶν·	les bataillons des hommes (ennemis);
ἀμύνετε δὲ ἦμαρ νηλεὲς	et éloignez le jour fatal
νῶϊν ζωοῖσιν.	de nous-deux encore vivants.
Ἕκτωρ γὰρ Αἰνείας τε,	Car Hector et Énée,
οἳ εἰσιν ἄριστοι Τρώων,	qui sont les plus braves des Troyens,
ἴθυσαν τῇδε	ont fait-une-charge de-ce-côté
κατὰ πόλεμον	à travers cette guerre (mêlée)
δακρυόεντα.	lamentable.
Ἀλλὰ ἤτοι μὲν ταῦτα	Mais certes à la vérité ces choses
κεῖται ἐν γούνασι θεῶν·	reposent sur les genoux des dieux ;
καὶ γὰρ ἐγὼ ἥσω·	car moi je lancerai mon javelot ;
πάντα δὲ τὰ	et toutes ces choses
μελήσει κε Διΐ. »	seront-à-soin à Jupiter. »
Ἦ ῥα,	Il dit donc,
καὶ προΐει ἔγχος δολιχόσκιον,	et il lança sa lance à-longue-ombre,
ἀμπεπαλών,	l'ayant brandie,
καὶ βάλε κατὰ ἀσπίδα Ἀρήτοιο	et il frappa au bouclier d'Arétus
ἴσην πάντοσε·	égal de-tous-côtés ;
ἡ δὲ	et ce bouclier
οὐκ ἔρυτο ἔγχος,	ne repoussa point la lance,
χαλκὸς δὲ εἴσατο διαπρό·	mais l'airain traversa de-part-en-part;
ἔλασσε δὲ	et Alcimédon fit-entrer la lance
διὰ ζωστῆρος	à travers le baudrier
ἐν νειαίρῃ γαστρί.	dans le bas-ventre.
Ὡς δὲ ὅτε ἀνὴρ αἰζήϊος	Or comme lorsque un homme jeune
ἔχων πέλεκυν ὀξὺν,	tenant une hache aiguë,
κόψας ἐξόπιθεν κεράων	ayant frappé derrière les cornes
βοὸς ἀγραύλοιο,	d'un bœuf rustique,
διατμήξῃ ἶνα πᾶσαν,	a coupé le nerf tout-entier,
ὁ δὲ ἐρίπῃσι προθορών·	et que celui-ci tombe ayant bondi :
ὣς ἄρα ὅγε	ainsi donc celui-ci
πέσεν ὕπτιος προθορών·	tomba à-la-renverse ayant bondi ;

νηδυίοισι μάλ᾽ ὀξὺ κραδαινόμενον, λύε γυῖα.
Ἕκτωρ δ᾽ Αὐτομέδοντος ἀκόντισε δουρὶ φαεινῷ·   525
ἀλλ᾽ ὁ μὲν ἄντα ἰδὼν ἠλεύατο χάλκεον ἔγχος·
πρόσσω γὰρ κατέκυψε· τὸ δ᾽ ἐξόπιθεν δόρυ μακρὸν
οὔδει ἐνισκίμφθη, ἐπὶ δ᾽ οὐρίαχος πελεμίχθη
ἔγχεος· ἔνθα δ᾽ ἔπειτ᾽ ἀφίει μένος ὄβριμος Ἄρης.
Καί νύ κε δὴ ξιφέεσσ᾽ αὐτοσχεδὸν ὁρμηθήτην,   530
εἰ μή σφω᾽ Αἴαντε διέκριναν μεμαῶτε,
οἵ ῥ᾽ ἦλθον καθ᾽ ὅμιλον, ἑταίρου κικλήσκοντος.
Τοὺς ὑποταρβήσαντες ἐχώρησαν πάλιν αὖτις
Ἕκτωρ Αἰνείας τ᾽ ἠδὲ Χρομίος θεοειδής·
Ἄρητον δὲ κατ᾽ αὖθι λίπον, δεδαϊγμένον ἦτορ,   535
κείμενον· Αὐτομέδων δὲ, θοῷ ἀτάλαντος Ἄρηϊ,
τεύχεά τ᾽ ἐξενάριξε, καὶ εὐχόμενος ἔπος ηὔδα·

« Ἦ δὴ μὰν ὀλίγον γε Μενοιτιάδαο θανόντος
κῆρ ἄχεος μεθέηκα, χερείονά περ καταπέφνων. »

bondit et tombe à la renverse. Le trait à la pointe acérée frémit dans ses entrailles, et lui ravit les forces. Hector lance contre Automédon un brillant javelot; Automédon l'aperçoit et évite la lance d'airain; il se penche; le long javelot va derrière lui s'enfoncer dans la terre en frémissant, et le trait impétueux perd sa force. Les deux héros se seraient sans doute attaqués, le glaive à la main, si les Ajax, pleins d'une noble ardeur, ne fussent venus les séparer, accourant à travers la foule à la voix de leur compagnon. Hector, Énée et Chromius aux formes divines, reculent frappés d'effroi; ils laissent là gisant sur le sol Arétus, dont le cœur est transpercé. Automédon, semblable à l'impétueux Mars, le dépouille de ses armes, et s'écrie d'un air de triomphe :

« J'ai du moins un peu apaisé dans mon cœur le chagrin que je ressentais de la mort du fils de Ménétius, quoique j'aie immolé un guerrier moins brave que lui. »

ἔγχος δὲ, κραδαινόμενον
μάλα ὀξὺ νηδυίοισι,
λῦσε γυῖά οἱ.
Ἕκτωρ δὲ
ἠκόντισεν Αὐτομέδοντος
δουρὶ φαεινῷ·
ἀλλὰ ὁ μὲν
ἰδὼν ἄντα
ἀλεύατο ἔγχος χάλκεον·
κατέκυψε γὰρ πρόσσω·
τὸ δὲ δόρυ μακρὸν
ἐνισκίμφθη ἐξόπιθεν οὔδει,
οὐρίαχος δὲ ἔγχεος
ἐπικελεμίχθη·
ἔπειτα δὲ ἔνθα —
Ἄρης ὄβριμος
ἀφίει μένος.
Καί νυ δὴ
κεν ὁρμηθήτην
αὐτοσχεδὸν ξιφέεσσιν,
εἰ Αἴαντε μεμαῶτε
μὴ διέκριναν σφωε,
οἵ ῥα ἦλθον κατὰ ὅμιλον,
ἑταίρου κικλήσκοντος.
Ἕκτωρ Αἰνείας τε
ἠδὲ Χρόμιος θεοειδὴς
ὑποταρβήσαντες τοὺς
ἐχώρησαν πάλιν αὖτις·
κατέλιπον δὲ κείμενον αὖθι
Ἄρητον, δεδαϊγμένον ἦτορ·
Αὐτομέδων δὲ,
ἀτάλαντος Ἄρηϊ θοῷ,
ἐξενάριξέ τε τεύχεα,
καὶ εὐχόμενος ηὔδα ἔπος·
« Ἦ δὴ μὰν ὀλίγον γε
μεθῆκα κῆρ
ἄχεος
Μενοιτιάδαο θανόντος,
κατακέφνων περ
χερείονα. »

or la lance, étant vibrée
très-acérée dans les entrailles,
délia les membres à lui.
Et Hector
darda contre Automédon
avec *son* javelot brillant ;
mais celui-ci à la vérité
l'ayant vu en-face
évita la lance d'-airain ;
car il se pencha en avant ;
et la lance longue
s'enfonça par-derrière dans le sol,
et l'extrémité de la lance
se remua (trembla) ;
et ensuite alors
Mars (le fer) impétueux
perdit *sa* force.
Et sans-doute alors
ils se seraient élancés (attaqués)
de près avec les glaives,
si les Ajax étant-pleins-d'ardeur
n'eussent séparé eux,   [foule,
les Ajax qui vinrent à travers la
leur compagnon *les* appelant.
Hector et Énée
et Chromius à-la-forme-divine
ayant craint-un-peu ceux-ci
se retirèrent de nouveau en arrière ;
et ils laissèrent gisant là
Arétus, ayant été percé au cœur ;
or Automédon,
pareil à Mars rapide,
et *le* dépouilla de *ses* armes,
et se glorifiant dit *cette* parole :
« Certes déjà un peu du moins
j'ai relâché *mon* cœur
du chagrin *qu'il ressentait*
à cause du fils-de-Ménétius mort,
quoique ayant tué
un *homme* inférieur (moins brave). »

Ὣς εἰπὼν, ἐς δίφρον ἑλὼν ἔναρα βροτόεντα   514
θῆχ'· ἂν δ' αὐτὸς ἔβαινε, πόδας καὶ χεῖρας ὕπερθεν
αἱματόεις, ὥς τίς τε λέων κατὰ ταῦρον ἐδηδώς.

Ἂψ δ' ἐπὶ Πατρόκλῳ τέτατο κρατερὴ ὑσμίνη,
ἀργαλέη, πολύδακρυς· ἔγειρε δὲ νεῖκος Ἀθήνη,
οὐρανόθεν καταβᾶσα· προῆκε γὰρ εὐρύοπα Ζεὺς   545
ὀρνύμεναι Δαναούς· δὴ γὰρ νόος ἐτράπετ' αὐτοῦ.
Ἠΰτε πορφυρέην Ἶριν θνητοῖσι τανύσσῃ
Ζεὺς ἐξ οὐρανόθεν, τέρας ἔμμεναι ἢ πολέμοιο,
ἢ καὶ χειμῶνος δυσθαλπέος, ὅς ῥά τε ἔργων
ἀνθρώπους ἀνέπαυσεν ἐπὶ χθονὶ, μῆλα δὲ κήδει·   550
ὣς ἡ πορφυρέη νεφέλη πυκάσασά ἑ αὐτὴν,
δύσετ' Ἀχαιῶν ἔθνος, ἔγειρε δὲ φῶτα ἕκαστον.
Πρῶτον δ' Ἀτρέος υἱὸν ἐποτρύνουσα προσηύδα,
ἴφθιμον Μενέλαον (ὁ γάρ ῥά οἱ ἐγγύθεν ἦεν),
εἰσαμένη Φοίνικι δέμας καὶ ἀτειρέα φωνήν·   555
« Σοὶ μὲν δὴ, Μενέλαε, κατηφείη καὶ ὄνειδος

A ces mots, il place sur le char les dépouilles sanglantes; il y
monte lui-même, les pieds et les mains tout ensanglantés, semblable
au lion qui vient de dévorer un taureau.

Alors recommence autour de Patrocle une lutte acharnée, funeste,
lamentable; Minerve descend du ciel pour ranimer le combat; c'est
Jupiter, le dieu retentissant, qui l'envoie pour réveiller l'ardeur des
Grecs; car il avait changé de dessein. De même que du haut du ciel
Jupiter étend l'arc aux mille couleurs pour annoncer aux mortels ou
la guerre ou la froide saison, qui sur la terre arrête les travaux des
hommes et attriste les troupeaux : de même la déesse, enveloppée
d'un nuage de pourpre, se plonge dans la foule des Achéens et excite
chaque guerrier. Elle adresse d'abord ses encouragements au fils
d'Atrée, au vaillant Ménélas qui se trouvait près d'elle; elle avait em-
prunté les traits et la forte voix de Phénix :

« Quel opprobre, quelle honte pour toi, Ménélas, si le fidèle com-

Εἰπὼν ὡς,
ἧκεν ἐς δίφρον
ἔναρα βροτόεντα
ἑλών·
αὐτὸς δὲ ἀνέβαινεν,
αἱματόεις ὕπερθε
πόδας καὶ χεῖρας,
ὥς τίς τε λέων
κατεδηδὼς ταῦρον.
  Ἐπὶ δὲ Πατρόκλῳ
τέτατο ἀψ ὑσμίνη
κρατερή, ἀργαλέη, πολύδακρυς·
Ἀθήνη δὲ, καταβᾶσα οὐρανόθεν,
ἔγειρε νεῖκος·
Ζεὺς γὰρ εὐρύοπα
προῆκεν ὀρνύμεναι Δαναούς·
δὴ γὰρ νόος αὐτοῦ
ἐτράπετο.
  Ἥυτε ἐξ οὐρανόθεν
Ζεὺς τανύσσῃ θνητοῖσιν
ἶριν πορφυρέην,
ἔμμεναι τέρας ἢ πολέμοιο,
ἢ καὶ χειμῶνος δυσθαλπέος,
ὅς ῥά τε ἀνέπαυσεν ἀνθρώπους
ἔργων ἐπὶ χθονί,
σήμει δὲ μῆλα·
ὣς ἣ
πυκάσασά ἑ αὐτὴν
νεφέλῃ πορφυρέῃ,
δύσετο ἔθνος Ἀχαιῶν,
ἔγειρε δὲ ἕκαστον φῶτα.
Πρῶτον δὲ προσηύδα
υἱὸν Ἀτρέος, ἴφθιμον Μενέλαον,
ἐποτρύνουσα,
(ὁ γάρ ῥα ἦεν ἐγγύθεν οἱ),
εἰσαμένη Φοίνικι
δέμας καὶ φωνὴν ἀτειρέα·
  «Κατηφείη καὶ ὄνειδος,
Μενέλαε,
ἔσσεται δὴ σοὶ μὲν,

Ayant dit ainsi,
il plaça sur le char
les dépouilles sanglantes
les ayant (après les avoir) prises ;
et lui-même montait-dessus,
ensanglanté en-dessus
aux pieds et aux mains,
comme un lion
qui-a-dévoré un taureau.
  Et autour de Patrocle
s'étendit de nouveau un combat
terrible, affreux, lamentable ;
or Minerve, étant descendue du-ciel,
excitait la lutte ;
car Jupiter retentissant-au-loin
l'envoya pour exciter les Grecs ;
car déjà la pensée de lui
avait été changée.
De même que du-haut-du-ciel
Jupiter étend pour les mortels
l'arc-en-ciel de-pourpre,
pour être présage ou de la guerre,
ou même de la saison froide,
qui certes fait-cesser aux hommes
leurs travaux sur la terre,
et *qui* attriste les troupeaux :
de même celle-ci
s'étant enveloppée elle-même
d'un nuage de-pourpre,
pénétra dans la foule des Achéens,
et excita chaque guerrier.
Et d'abord elle s'adressa
au fils d'Atrée, au vaillant Ménélas,
en *l*'encourageant,
(car celui-ci était près d'elle),
s'étant assimilée à Phénix
pour le corps et la voix infatigable :
  « L'opprobre et la honte,
Ménélas,
seront certes à toi à la vérité,

ἔσσεται, εἴ κ' Ἀχιλῆος ἀγαυοῦ πιστὸν ἑταῖρον
τείχει ὑπὸ Τρώων ταχέες κύνες ἑλκήσουσιν.
Ἀλλ' ἔχεο κρατερῶς, ὄτρυνε δὲ λαὸν ἅπαντα. »

    Τὴν δ' αὖτε προσέειπε βοὴν ἀγαθὸς Μενέλαος·   560

    « Φοῖνιξ, ἄττα, γεραιὲ παλαιγενές, εἰ γὰρ Ἀθήνη
δοίη κάρτος ἐμοὶ, βελέων δ' ἀπερύκοι ἐρωήν!
Τῷ κεν ἔγωγ' ἐθέλοιμι παρεστάμεναι καὶ ἀμύνειν
Πατρόκλῳ· μάλα γάρ με θανὼν ἐσεμάσσατο θυμόν.
Ἀλλ' Ἕκτωρ πυρὸς αἰνὸν ἔχει μένος, οὐδ' ἀπολήγει   565
χαλκῷ δηϊόων· τῷ γὰρ Ζεὺς κῦδος ὀπάζει. »

    Ὣς φάτο· γήθησεν δὲ θεὰ γλαυκῶπις Ἀθήνη,
ὅττι ῥά οἱ πάμπρωτα θεῶν ἠρήσατο πάντων.
Ἐν δὲ βίην ὤμοισι καὶ ἐν γούνασσιν ἔθηκε,
καί οἱ μυίης θάρσος ἐνὶ στήθεσσιν ἐνῆκεν,   570
ἥτε, καὶ ἐργομένη μάλα περ χροὸς ἀνδρομέοιο,
ἰσχανάᾳ δακέειν, λαρόν τέ οἱ αἷμ' ἀνθρώπου·

pagnon de l'illustre Achille devient, sous les murs d'Ilion, la proie
dès chiens dévorants! Mais reste inébranlable, et enflamme tout ton
peuple. »

Le valeureux Ménélas répond aussitôt :

« Phénix, mon père, vieillard vénérable, plût aux dieux que Minerve me donnât la force et me préservât des traits impétueux! Alors
je voudrais défendre et protéger Patrocle; car sa mort a vivement
ému mon cœur. Mais Hector a la force terrible du feu; il ne cesse
de répandre le carnage, le fer à la main; Jupiter le comble de
gloire. »

Il dit, et Minerve, la déesse aux yeux d'azur, se réjouit de ce que
Ménélas l'implore la première entre toutes les divinités. Elle donne
une force nouvelle aux épaules et aux genoux du héros, et souffle
dans sa poitrine l'audace de la mouche, qui, sans cesse écartée du
corps de l'homme, revient toujours pour le piquer, tant elle est avide
de sang humain : telle est l'audace dont Minerve remplit le cœur noir

εἰ κύνες ταχέες κεν ἑλκήσουσιν
si les chiens rapides déchirent

ὑπὸ τείχει Τρώων
sous le mur des Troyens

ἑταῖρον πιστὸν
le compagnon fidèle

ἀγαυοῦ Ἀχιλῆος.
de l'illustre Achille.

Ἀλλὰ ἔχεο κρατερῶς,
Mais tiens-toi fermement,

ὄτρυνε δὲ ἅπαντα λαόν. »
et excite tout son peuple. »

Μενέλαος δὲ ἀγαθὸς βοὴν
Or Ménélas brave au combat

προσέειπε τὴν αὖτε ·
dit-à elle à-son-tour :

« Φοῖνιξ, ἄττα,
« Phénix, mon père,

γεραιὲ παλαιγενὲς,
vieillard né-depuis-longtemps,

εἰ γὰρ Ἀθήνη
plût-aux-dieux-que Minerve

δοίη κάρτος ἐμοὶ,
donnât de la force à moi,

ἀπερύκοι δὲ
et écartât-de moi

ἰωὴν βελέων !
l'impétuosité des traits !

Τῷ ἔγωγέ κεν ἐθέλοιμι
Ainsi moi-du-moins je voudrais

παρεστάμεναι
assister

καὶ ἀμύνειν Πατρόκλῳ ·
et défendre Patrocle ;

θανὼν γὰρ
car étant mort (par sa mort)

ἱκμάσσατο μάλα με θυμόν.
il a ému fortement moi au cœur.

Ἀλλὰ Ἕκτωρ
Mais Hector

ἔχει μένος αἰνὸν πυρός,
a la force terrible du feu,

οὐδὲ ἀπολήγει
et il ne cesse pas

ἐναίρων χαλκῷ ·
tuant (de tuer) avec l'airain ;

Ζεὺς γὰρ ὀπάζει τῷ κῦδος. »
car Jupiter accorde à lui la gloire. »

Φάτο ὧς · Ἀθήνη δὲ,
Il dit ainsi ; et Minerve,

θεὰ γλαυκῶπις,
déesse aux-yeux-d'azur,

γήθησεν, ὅττι ἑα
se réjouit, de ce que certes

ἐρήσατο
il avait adressé-des-prières

κάμπρωτά οἱ
tout-d'abord à elle

πάντων θεῶν.
parmi toutes les divinités.

Ἔθηκε δὲ βίην
Or elle lui mit la force

ἐν ὤμοισι καὶ ἐν γούνασσι,
dans les épaules et dans les genoux,

καὶ ἐνῆκεν ἐνὶ στήθεσσίν οἱ
et elle fit-entrer dans la poitrine à lui

θάρσος μυίης,
l'audace de la mouche,

ἥτε, καίπερ ἐργομένη μάλα
qui, quoique étant écartée souvent

χροὸς ἀνδρομέοιο,
du corps humain,

ἰσχανάᾳ δακέειν,
persévère à mordre,

αἷμά τε ἀνθρώκου
et le sang de l'homme

λαρὸν οἱ ·
est agréable à elle :

κἶσέ μιν
Minerve remplit lui

ILIADE, XVII.

τοίω μιν θάρσευς πλῆσε φρένας ἀμφιμελαίνας.
Βῆ δ' ἐπὶ Πατρόκλῳ, καὶ ἀκόντισε δουρὶ φαεινῷ.
Ἔσκε δ' ἐνὶ Τρώεσσι Ποδῆς, υἱὸς Ἠετίωνος,   575
ἀφνειός τ' ἀγαθός τε· μάλιστα δέ μιν τίεν Ἕκτωρ
δήμου, ἐπεί οἱ ἑταῖρος ἔην φίλος εἰλαπιναστής·
τόν ῥα κατὰ ζωστῆρα βάλε ξανθὸς Μενέλαος,
ἀΐξαντα φόβονδε· διαπρὸ δὲ χαλκὸν ἔλασσε·
δούπησεν δὲ πεσών. Ἀτὰρ Ἀτρείδης Μενέλαος   580
νεκρὸν ὑπὲκ Τρώων ἔρυσεν μετὰ ἔθνος ἑταίρων.

    Ἕκτορα δ' ἐγγύθεν ἱστάμενος ὤτρυνεν Ἀπόλλων,
Φαίνοπι Ἀσιάδῃ ἐναλίγκιος, ὅς οἱ ἁπάντων
ξείνων φίλτατος ἔσκεν, Ἀβυδόθι οἰκία ναίων·
τῷ μιν ἐεισάμενος προσέφη ἑκάεργος Ἀπόλλων·   585

    «Ἕκτορ, τίς κέ σ' ἔτ' ἄλλος Ἀχαιῶν ταρβήσειεν;
οἷον δὴ Μενέλαον ὑπέτρεσας, ὅς τοπάρος περ
μαλθακὸς αἰχμητής· νῦν δ' οἴχεται οἷος ἀείρας
νεκρὸν ὑπὲκ Τρώων, σὸν δ' ἔκτανε πιστὸν ἑταῖρον,

de Ménélas. Ce héros marche vers Patrocle et lance un brillant javelot. Parmi les Troyens était un homme opulent et courageux, Podès,
fils d'Éétion; Hector l'honorait surtout entre ses concitoyens, parce
qu'il était à la fois son compagnon et son convive chéri. Le blond
Ménélas l'atteint au baudrier, au moment où il s'élance pour prendre
la fuite; l'airain traverse le corps de Podès qui tombe avec fracas, et
Ménélas, fils d'Atrée, arrache aux Troyens le cadavre et l'entraîne
vers la foule de ses compagnons.

    Apollon s'approche d'Hector et l'encourage, sous les traits du fils
d'Asius, de Phénops, qui, habitant un palais dans Abydos, était pour
Hector un hôte bien aimé; c'est sous la forme de ce héros que le dieu
qui lance au loin les traits, vient lui dire :

    « Hector, quel est donc celui des Achéens qui te redouterait désor-
mais, puisque tu fuis devant Ménélas, guerrier jusqu'ici sans courage?
Maintenant il se retire, après avoir, à lui seul, enlevé aux Troyens le

τοίου θάρσευς
φρένας ἀμφιμελαίνας·
Βῆ δὲ ἐπὶ Πατρόκλῳ,
καὶ ἀκόντισε δουρὶ φαεινῷ.
Ἐνὶ δὲ Τρώεσσιν
ἔσκε Ποδῆς, υἱὸς Ἠετίωνος,
ἀφνειός τε ἀγαθός τε·
Ἕκτωρ δὲ τίε μιν μάλιστα
δήμου,
ἐπεὶ ἦεν οἱ
ἑταῖρος εἰλαπιναστὴς φίλος·
ξανθὸς Μενέλαός ῥα
βάλε κατὰ ζωστῆρα τὸν,.
ἀΐξαντα φόβονδε·
ἔλασσε δὲ χαλκὸν
διαπρό·
δούπησε δὲ πεσών.
Ἀτὰρ Μενέλαος Ἀτρείδης
ἔρυσε νεκρὸν
ὑπὲκ Τρώων
μετὰ ἔθνος ἑταίρων.

Ἀπόλλων δὲ ὤτρυνεν Ἕκτορα,
ἱστάμενος ἐγγύθεν,
ἐναλίγκιος Φαίνοπι Ἀσιάδῃ,
ὅς, ναίων οἰκία
Ἀβυδόθι,
ἔσκεν οἱ φίλτατος
ἁπάντων ξείνων·
εἰσάμενος τῷ,
Ἀπόλλων ἑκάεργος
προσέφη μιν·

« Ἕκτορ, τίς ἄλλος Ἀχαιῶν
ταρβήσειέ κεν ἔτι σε;
οἷον δὴ ὑπέτρεσας Μενέλαον,
ὃς τοπάρος περ
αἰχμητὴς μαλθακός·
νῦν δὲ οἴχεται
ἀείρας οἶος,
νεκρὸν ὑπὲκ Τρώων,
ἔκτανε δὲ σὸν ἑταῖρον πιστόν,

d'une telle audace
dans son cœur noir-tout-autour.
Or il marcha vers Patrocle,
et darda avec *sa* lance brillante.
Or parmi les Troyens
était Podès, fils d'Éétion,
et opulent et courageux ;
et Hector honorait lui le plus
de son peuple (entre ses concitoyens),
parce qu'il était pour lui
un compagnon convive chéri ;
le blond Ménélas donc
frappa au baudrier lui,
qui-s'était-élancé pour-la-fuite ;
et il fit-entrer l'airain
de-part-en-part ;
et *Podès* retentit étant tombé.
Mais Ménélas fils-d'Atrée
entraîna le mort
hors (loin) des Troyens
vers la foule de *ses* compagnons.

Or Apollon excitait Hector,
se tenant tout-près *de lui*,
semblable à Phénops fils-d'Asius,
lequel, habitant des demeures
à-Abydos,
était à lui le plus cher
de tous *ses* hôtes ;
s'étant assimilé à lui (à Phénops),
Apollon qui-lance-au-loin-les-traits
dit-à lui (à Hector) :

« Hector, quel autre des Achéens
redouterait encore toi ?
puisque tu as fui-devant Ménélas,
qui auparavant cependant
était un guerrier sans-force ;
et maintenant il se retire
ayant enlevé tout-seul
le mort aux Troyens,
et il a tué ton compagnon fidèle,

ἐσθλὸν ἐνὶ προμάχοισι, Ποδῆν, υἱὸν Ἠετίωνος. »   520

Ὣς φάτο· τὸν δ' ἄχεος νεφέλη ἐκάλυψε μέλαινα·
βῆ δὲ διὰ προμάχων, κεκορυθμένος αἴθοπι χαλκῷ.
Καὶ τότ' ἄρα Κρονίδης Ἕλετ' αἰγίδα θυσσανόεσσαν,
μαρμαρέην· Ἴδην δὲ κατὰ νεφέεσσι κάλυψεν,
ἀστράψας δὲ, μάλα μεγάλ' ἔκτυπε, τὴν δ' ἐτίναξε·   535
νίκην δὲ Τρώεσσι δίδου, ἐφόβησε δ' Ἀχαιούς.

Πρῶτος Πηνέλεως Βοιώτιος ἦρχε φόβοιο.
Βλῆτο γὰρ ὦμον δουρὶ, πρόσω τετραμμένος αἰεὶ,
ἄκρον ἐπιλίγδην· γράψεν δέ οἱ ὀστέον ἄχρις
αἰχμὴ Πουλυδάμαντος· ὁ γάρ ῥ' ἔβαλε σχεδὸν ἐλθών.   600
Λήϊτον αὖθ' Ἕκτωρ σχεδὸν οὔτασε χεῖρ' ἐπὶ καρπῷ,
υἱὸν Ἀλεκτρυόνος μεγαθύμου, παῦσε δὲ χάρμης·
τρέσσε δὲ παπτήνας, ἐπεὶ οὐκέτι ἔλπετο θυμῷ,
ἔγχος ἔχων ἐν χειρὶ, μαχήσεσθαι Τρώεσσιν.
Ἕκτορα δ' Ἰδομενεὺς μετὰ Λήϊτον ὁρμηθέντα   605

corps de ton compagnon fidèle, de Podès, fils d'Éétion, qu'il a immolé aux premiers rangs. »

Il dit; un sombre nuage de douleur enveloppe Hector. Le héros s'avance aux premiers rangs, couvert de l'airain étincelant. Alors le fils de Saturne saisit sa brillante égide aux franges d'or; il couvre de nuages les sommets de l'Ida, fait briller ses éclairs et gronder sa foudre, et secoue son égide; par ce signe, il donne la victoire aux Troyens et met les Grecs en déroute.

Pénélée le Béotien donne le premier l'exemple de la fuite. Il avait été légèrement blessé à l'extrémité de l'épaule, lui qui toujours faisait face à l'ennemi; la lance de Polydamas, qui le frappa de près, lui avait déchiré les chairs jusqu'à l'os. Hector aussi blesse au poignet Léite, fils du magnanime Alectryon, et le force de cesser le combat; Léite se retire effrayé, en portant ses regards autour de lui; car il n'espère plus pouvoir combattre les Troyens, une lance à la main. Mais au moment où Hector se précipitait sur Léite, Idoménée l'atteint à la cuirasse dans la poitrine, près du mamelon; la longue lance

ἐσθλὸν ἐνὶ προμάχοισι,
brave parmi les premiers-combat-

Ποδῆν, υἱὸν Ἠετίωνος. »
Podès, fils d'Éétion. »   [tants.

Φάτο ὣς·
Il dit ainsi ;

νεφέλη δὲ μέλαινα ἄχεος
et un nuage sombre de douleur

ἐκάλυψε τόν·
voila (enveloppa) lui (Hector) ;

βῆ δὲ
et il s'avança

διὰ προμάχων,
à travers les premiers-combattants,

κεκορυθμένος χαλκῷ αἴθοπι.
armé de l'airain brillant.

Καὶ τότε ἄρα Κρονίδης
Et alors donc le fils-de-Saturne

ἕλετο αἰγίδα θυσσανόεσσαν,
saisit son égide garnie-de-franges,

μαρμαρέην·
resplendissante ;

κατεκάλυψε δὲ νεφέεσσιν Ἴδην,
et il couvrit de nuages l'Ida,

ἀστράψας δὲ,
et ayant lancé-des-éclairs,

ἔκτυπε μάλα μεγάλα,
il tonna très-fortement,

ἐτίναξε δὲ τήν·
et il agita celle-ci ;

δίδου δὲ νίκην Τρώεσσιν,
or il donnait la victoire aux Troyens,

ἐφόβησε δὲ Ἀχαιούς.
et il mit-en-fuite les Achéens.

Βοιώτιος Πηνέλεως
Le Béotien Pénélée

ἦρχε πρῶτος φόβοιο.
commença le premier la fuite.

Βλῆτο γὰρ ἐπιλίγδην
Car il fut frappé à-la-surface

ἄκρον ὦμον
à l'extrémité-de l'épaule

δουρί,
par une lance,

τετραμμένος αἰεὶ πρόσω·
étant tourné toujours par devant ;

αἰχμὴ δὲ Πουλυδάμαντος
et la pointe-de-la-lance de Polydamas

γράψεν ἄχρις ὀστέον οἱ·
déchira jusqu'à l'os à lui ;

ὁ γάρ ῥα ἔβαλεν
car celui-ci le frappa

ἐλθὼν σχεδόν.
étant venu près.

Ἕκτωρ αὖτε οὔτασε
Hector de-son-côté blessa

χεῖρά ἐπὶ καρπῷ
à la main près du poignet

Λήϊτον,
Léite,

υἱὸν μεγαθύμου Ἀλεκτρυονος,
fils du magnanime Alectryon,

παῦσε δὲ χάρμης·
et lui fit-cesser le combat ;

τρέσσε δὲ
et Léite s'enfuit-effrayé

παπτήνας,
regardant-de-tous-côtés,

ἐπεὶ οὐκέτι ἔλπετο
puisqu'il n'espérait plus

θυμῷ,
dans son cœur,

ἔχων ἔγχος ἐν χειρί,
ayant une lance dans la main,

μαχήσεσθαι Τρώεσσιν.
devoir combattre les Troyens.

Ἰδομενεὺς δὲ βεβλήκει θώρηκα
Mais Idoménée frappa à la cuirasse

κατὰ στῆθος παρὰ μαζὸν
sur la poitrine près du mamelon

βεβλήκει θώρηκα κατὰ στῆθος παρὰ μαζόν·
ἐν καυλῷ δ' ἐάγη δολιχὸν δόρυ· τοὶ δ' ἐβόησαν
Τρῶες. Ὁ δ' Ἰδομενῆος ἀκόντισε Δευκαλίδαο,
δίφρῳ ἐφεσταότος· τοῦ μέν ῥ' ἀπὸ τυτθὸν ἅμαρτεν·
αὐτὰρ ὁ Μηριόναο ὀπάονά θ' ἡνίοχόν τε,   610
Κοίρανον, ὅς ῥ' ἐκ Λύκτου ἐϋκτιμένης ἕπετ' αὐτῷ
(πεζὸς γὰρ τὰ πρῶτα λιπὼν νέας ἀμφιελίσσας
ἤλυθε, καί κε Τρωσὶ μέγα κράτος ἐγγυάλιξεν,
εἰ μὴ Κοίρανος ὦκα ποδώκεας ἤλασεν ἵππους·
καὶ τῷ μὲν φάος ἦλθεν, ἄμυνε δὲ νηλεὲς ἦμαρ·   615
αὐτὸς δ' ὤλεσε θυμὸν ὑφ' Ἕκτορος ἀνδροφόνοιο)·
τὸν βάλ' ὑπὸ γναθμοῖο καὶ οὔατος, ἐκ δ' ἄρ' ὀδόντας
ὦσε δόρυ πρυμνὸν, διὰ δὲ γλῶσσαν τάμε μέσσην.
Ἤριπε δ' ἐξ ὀχέων, κατὰ δ' ἡνία χεῦεν ἔραζε.
Καὶ τάγε Μηριόνης ἔλαβεν χείρεσσι φίλῃσι   620
κύψας ἐκ πεδίοιο, καὶ Ἰδομενῆα προσηύδα·

   « Μάστιε νῦν, εἵως κε θοὰς ἐπὶ νῆας ἵκηαι·

se brise auprès du manche, et les Troyens poussent un cri. Hector
lance un javelot contre Idoménée, fils de Deucalion, qui se tenait de-
bout sur son char; le trait s'écarte de lui, et va frapper le serviteur
et l'écuyer de Mérion, Céranus, qui, pour suivre ce héros, avait quitté
la populeuse Lyctos. Idoménée vint à pied, lorsqu'il s'éloigna des navires qui se balancent sur les flots, et il aurait procuré une gloire
immense aux Troyens, si Céranus n'eût, à sa place, conduit les rapides coursiers; il sauva son ami, écarta de lui le jour fatal, mais
lui-même perdit le souffle de la vie sous les coups de l'homicide
Hector. Le javelot frappe Céranus sous la mâchoire, près de l'oreille;
la pointe lui brise les dents et lui coupe le milieu de la langue. Le
guerrier tombe du char et laisse échapper les rênes qui flottent à
terre. Mérion se penche, les relève, et s'adresse à Idoménée :

   « Fouette maintenant tes coursiers, jusqu'à ce que tu sois arrivé

Ἕκτορα ὁρμηθέντα μετὰ Λήϊτον·
δόρυ δὲ δολιχὸν ἐάγη
ἐν καυλῷ·
τοὶ δὲ Τρῶες ἐβόησαν.
Ὁ δὲ ἀκόντισεν
Ἰδομενῆος Δευκαλίδαο,
ἐφεσταότος δίφρῳ·
ἀφάμαρτέ ῥα τυτθὸν τοῦ μέν·
αὐτὰρ ὁ βάλεν
ὀπάονά τε
ἡνίοχόν τε Μηριόναο,
Κοίρανον, ὅς ῥα ἕπετο αὐτῷ
ἐκ Λύκτου ἐϋκτιμένης
(ἤλυθε γὰρ πεζὸς ταπρῶτα
λιπὼν νέας
ἀμφιελίσσας,
καὶ ἐγγυάλιξέ κε Τρωσὶ
κράτος μέγα,
εἰ Κοίρανος
μὴ ἤλασέ κεν ὦκα
ἵππους ποδώκεας·
καὶ ἦλθε μὲν
φάος τῷ,
ἄμυνε δὲ ἦμαρ νηλεές·
αὐτὸς δὲ ὤλεσε θυμὸν
ὑπὸ ἀνδροφόνοιο Ἕκτορος)·
τὸν
ὑπὸ γναθμοῖο καὶ οὔατος,
πρυμνὸν δὲ δόρυ ἄρα
ἔωσεν ὀδόντας,
διάταμε δὲ γλῶσσαν μέσσην.
Ἤριπε δὲ ἐξ ὀχέων,
κατέχευε δὲ ἡνία ἔραζε.
Καὶ Μηριόνης κύψας
ἔλαβεν ἐκ πεδίοιο τάγε
φίλῃσι χείρεσσι,
καὶ προσηύδα Ἰδομενῆα·
  « Μάστιε νῦν,
εἵας κεν ἵκηαι
ἐπὶ νῆας θοάς·

Hector qui s'était-élancé sur Léite ;
et la lance longue se brisa
dans la tige (le manche) ;
et les Troyens crièrent.
Or celui-ci lança-un-trait
contre Idoménée fils-de-Deucalion,
qui-se-tenait-sur *son* char ;
il s'écarta un peu de lui à la vérité ;
mais il frappa
celui qui était et serviteur
et écuyer de Mérion,
Céranus, qui suivait lui
de Lyctos bien-habitée
(car *Idoménée* vint à-pied d'abord
ayant quitté les vaisseaux
agités-de-deux-côtés,
et il aurait procuré aux Troyens
une victoire grande,
si Céranus
n'eût pas conduit à-la-hâte
les chevaux rapides-des-pieds ;
et *Céranus* vint à la vérité
comme secours (salut) à lui,
et il écarta *de lui* le jour fatal ;
mais lui-même perdit le souffle-vital
par l'homicide Hector) ;
Hector le *frappa*
sous la mâchoire et l'oreille,
et le bout-de *sa* lance donc
lui brisa les dents,
et coupa la langue au-milieu.
Or il tomba du char,
et laissa-flotter les rênes à-terre.
Et Mérion s'étant penché
prit du sol celles-ci
avec ses mains,
et s'adressa-à Idoménée :
  « Fouette maintenant *les chevaux*,
jusqu'à ce que tu sois arrivé
aux vaisseaux rapides ;

γιγνώσκεις δὲ καὶ αὐτὸς ὅτ' οὐκέτι κάρτος Ἀχαιῶν. »

   ˝Ως ἔφατ'· Ἰδομενεὺς δ' ἵμασεν καλλίτριχας ἵππους
νῆας ἔπι γλαφυράς· δὴ γὰρ δέος ἔμπεσε θυμῷ.   625

   Οὐδ' ἔλαθ' Αἴαντα μεγαλήτορα καὶ Μενέλαον
Ζεὺς, ὅτε δὴ Τρώεσσι δίδου ἑτεραλκέα νίκην.
Τοῖσι δὲ μύθων ἦρχε μέγας Τελαμώνιος Αἴας·

   « Ὦ πόποι, ἤδη μέν κε καὶ ὃς μάλα νήπιός ἐστι
γνοίη ὅτι Τρώεσσι πατὴρ Ζεὺς αὐτὸς ἀρήγει.   630
Τῶν μὲν γὰρ πάντων βέλε' ἅπτεται, ὅστις ἀφείη,
ἢ κακὸς, ἢ ἀγαθός· Ζεὺς δ' ἔμπης πάντ' ἰθύνει·
ἡμῖν δ' αὔτως πᾶσιν ἐτώσια πίπτει ἔραζε.
Ἀλλ' ἄγετ', αὐτοί περ φραζώμεθα μῆτιν ἀρίστην,
ἠμὲν ὅπως τὸν νεκρὸν ἐρύσσομεν, ἠδὲ καὶ αὐτοὶ   635
χάρμα φίλοις ἑτάροισι γενώμεθα νοστήσαντες·

aux rapides vaisseaux; tu vois toi-même qu'il n'est plus de victoire
pour les Achéens. »

Il dit; et Idoménée pousse vers les creux navires ses chevaux à la
belle crinière; car déjà la crainte s'est emparée de son âme.

Le magnanime Ajax et Ménélas s'aperçoivent que Jupiter vient
d'accorder aux Troyens une victoire décisive. Le noble Ajax, fils de
Télamon, adresse le premier ces paroles à ses compagnons :

« Grands dieux! Le plus insensé des mortels reconnaîtrait que le
souverain Jupiter seconde aujourd'hui les Troyens. Tous leurs traits
portent, que ce soit la main d'un lâche ou celle d'un brave qui les
lance. C'est Jupiter qui dirige leurs coups; nos javelots au contraire
vont, inutiles, s'enfoncer dans la terre. Mais allons, prenons un sage
parti; voyons comment nous pourrons entraîner le cadavre, et, par notre
retour, combler de joie nos compagnons chéris; ils sont affligés sans

αὐτὸς δὲ καὶ γιγνώσκεις
ὅτι κάρτος
οὐκέτι Ἀχαιῶν. »
    Ἔρατο ὥς·
Ἰδομενεὺς δὲ ἵμασεν
ἵππους καλλίτριχας
ἐπὶ νῆας γλαφυράς·
δὴ γὰρ δέος
ἔμπεσε θυμῷ.
    Ζεὺς δὲ οὐκ ἔλαθε
μεγαλήτορα Αἴαντα
καὶ Μενέλαον,
ὅτε δὴ δίδου Τρώεσσι
νίκην ἑτεραλκέα.
Μέγας δὲ Αἴας Τελαμώνιος
ἦρχε τοῖσι μύθων·
    « Ὦ πόποι, ἤδη μὲν
καὶ ὃς ἔστι μάλα νήπιος
γνοίη κεν
ὅτι Ζεὺς πατὴρ
ἀρήγει αὐτὸς Τρώεσσι.
Βέλτα μὲν γὰρ τῶν πάντων
ἅπτεται,
ὅστις,
ἢ κακὸς, ἢ ἀγαθός,
ἀφείη·
Ζεὺς δὲ
ἰθύνει πάντα ἔμπης·
ἡμῖν δὲ πᾶσι
πίπτει αὔτως ἐτώσια ἔραζε.
Ἀλλὰ ἄγετε,
φραζώμεθα αὐτοί περ
ἀρίστην μῆτιν,
ἠμὲν ὅπως
ἐρύσσομεν τὸν νεκρὸν,
ἠδὲ καὶ αὐτοὶ
νοστήσαντες
γενώμεθα χάρμα
ἑτάροισι φίλοις·
οἵ που ἀκηχέδαται

or toi-même aussi tu comprends
que la victoire   [les Achéens.) »
n'est plus des Achéens (possible pour
    Il dit ainsi ;
et Idoménée poussa-en-fouettant
ses chevaux à-la-belle-crinière
vers les vaisseaux creux ;
car déjà la crainte
était tombée-dans son cœur.
    Et Jupiter ne fut point caché
au magnanime Ajax
et à Ménélas,
lorsqu'il donnait aux Troyens
une victoire décisive.
Or le grand Ajax fils de-Télamon
commença à eux ce discours :
    « O grands-dieux ! déjà à la vérité
même celui-qui est tout-à-fait insensé
reconnaîtrait
que Jupiter père (auguste)
porte-secours lui-même aux Troyens.
Car les traits d'eux tous
atteignent le but,
quel-que-soit-celui-qui,
ou lâche, ou courageux,
les a lancés ;
or Jupiter
les dirige tous entièrement ;
mais les traits à nous tous
tombent ainsi inutiles à-terre.
Mais allez,
imaginons nous-mêmes du moins
le meilleur parti,
et comment
nous entraînerons le mort,
et même comment nous-mêmes
étant revenus
nous deviendrons un objet-de-joie
à nos amis chéris ;
lesquels sans-doute sont affligés

οἵ που δεῦρ' ὁρόωντες ἀκηχέδατ', οὐδ' ἔτι φασὶν
Ἕκτορος ἀνδροφόνοιο μένος καὶ χεῖρας ἀάπτους
σχήσεσθ', ἀλλ' ἐν νηυσὶ μελαίνῃσιν πεσέεσθαι.
Εἴη δ' ὅστις ἑταῖρος ἀπαγγείλειε τάχιστα   640
Πηλείδῃ· ἐπεὶ οὔ μιν ὀίομαι οὐδὲ πεπύσθαι·
λυγρῆς ἀγγελίης, ὅτι οἱ φίλος ὤλεθ' ἑταῖρος.
Ἀλλ' οὔπῃ δύναμαι ἰδέειν τοιοῦτον Ἀχαιῶν·
ἠέρι γὰρ κατέχονται ὁμῶς αὐτοί τε καὶ ἵπποι.
Ζεῦ πάτερ, ἀλλὰ σὺ ῥῦσαι ὑπ' ἠέρος υἷας Ἀχαιῶν,   645
ποίησον δ' αἴθρην, δὸς δ' ὀφθαλμοῖσιν ἰδέσθαι·
ἐν δὲ φάει καὶ ὄλεσσον, ἐπεί νύ τοι εὔαδεν οὕτως. »

  Ὣς φάτο· τὸν δὲ πατὴρ ὀλοφύρατο δακρυχέοντα·
αὐτίκα δ' ἠέρα μὲν σκέδασεν, καὶ ἀπῶσεν ὀμίχλην·
ἠέλιος δ' ἐπέλαμψε, μάχη δ' ἐπὶ πᾶσα φαάνθη.   650
Καὶ τότ' ἄρ' Αἴας εἶπε βοὴν ἀγαθὸν Μενέλαον·

  « Σκέπτεο νῦν, Μενέλαε Διοτρεφές, αἴ κεν ἴδηαι
ζωὸν ἔτ' Ἀντίλοχον, μεγαθύμου Νέστορος υἱόν·

doute de ce triste spectacle, et pensent que nous ne résisterons plus à la force et aux bras invincibles de l'homicide Hector, mais que nous succomberons sur les noirs vaisseaux. Plût au ciel qu'un de nos guerriers se rendît en toute hâte auprès du fils de Pélée pour lui porter cette triste nouvelle; car il ignore encore, je pense, la mort de son compagnon chéri. Mais je ne puis découvrir un tel messager parmi les Achéens; un nuage épais les enveloppe de toutes parts, eux et leurs chevaux. Souverain Jupiter, arrache les fils des Grecs à l'obscurité qui les couvre; ramène la sérénité dans le ciel; accorde à nos yeux de revoir la lumière, et fais-nous périr du moins à la clarté du jour, puisque telle est ta volonté. »

Il dit; et le dieu de l'Olympe est touché de ses larmes; aussitôt il dissipe les ténèbres et chasse les nuages; le soleil rayonne et de ses feux éclaire le champ de bataille tout entier. Alors Ajax dit au valeureux Ménélas :

« Regarde maintenant, Ménélas, élève de Jupiter; vois si le fils du magnanime Nestor, Antiloque, est encore vivant; et, si tu le découvres,

ὁρῶντες δεῦρο,
en regardant de-ce-côté,

φασὶ δὲ
et disent (pensent) *nous*

οὐκέτι σχήσεσθαι
ne devoir plus soutenir

μένος ἀνδροφόνοιο Ἕκτορος
la force de l'homicide Hector

καὶ χεῖρας ἀάπτους,
et *ses* mains invincibles,

ἀλλὰ πεσέεσθαι
mais devoir succomber

ἐν νηυσὶ μελαίνῃσιν.
sur les vaisseaux noirs.

Εἴη δὲ
Mais *plût au ciel* qu'il y eût

ἑταῖρος ὅστις ἀπαγγείλειε
un compagnon qui annonçât *cela*

τάχιστα Πηλείδῃ·
très-promptement au fils-de-Pélée ;

ἐπεὶ οὐκ ὀΐομαι οὐδέ
car je ne crois nullement

μιν πεπύσθαι λυγρῆς ἀγγελίης,
lui avoir appris la triste nouvelle,

ὅτι ἑταῖρος φίλος οἱ ὤλετο.
qu'un compagnon cher à lui a péri.

Ἀλλὰ οὔπη δύναμαι ἰδέειν
Mais je ne puis nullement voir

τοιοῦτον Ἀχαιῶν·
un tel *messager* parmi les Achéens ;

αὐτοὶ γάρ τε καὶ ἵπποι
car et eux-mêmes et *leurs* chevaux

κατέχονται ὁμῶς ἠέρι.
sont enveloppés à la fois par un nuage.

Ζεῦ πάτερ,
Jupiter père (auguste),

ἀλλὰ σὺ ῥῦσαι ὑπὸ ἠέρος
mais toi tire de l'obscurité

υἷας Ἀχαιῶν,
les fils des Achéens,

ποίησον δὲ αἴθρην,
et fais un ciel-pur,

δὸς δὲ
et donne (accorde)-*leur*

ἰδέσθαι ὀφθαλμοῖσιν·
de le voir de *leurs* yeux ;

ἔλεσσον δὲ καὶ
et fais-*les*-périr même (du moins)

ἐν φάει,
à la lumière,

ἐπεί νυ εὐαδέ τοι οὕτως. »
puisque donc il a plu à toi ainsi. »

  Φάτο ὥς·
  Il dit ainsi ;

πατὴρ δὲ
et le père (l'auguste Jupiter)

ὀλοφύρατο τὸν δακρυχέοντα·
prit-en-pitié lui versant-des-pleurs ;

αὐτίκα δὲ
et aussitôt

σκέδασε μὲν ἠέρα,
il dissipa à la vérité le brouillard,

καὶ ἀπῶσεν ὀμίχλην·
et écarta le nuage ;

ἠέλιος δὲ ἐπέλαμψε,
et le soleil resplendit,

μάχη δὲ πᾶσα ἐπεφάνθη.
et le combat tout-entier fut éclairé.

Καὶ τότε ἄρα Αἴας
Et alors donc Ajax

εἶπε Μενέλαον ἀγαθὸν βοήν·
dit-à Ménélas brave à la guerre :

  « Σκέπτεο νῦν,
  « Regarde maintenant,

Μενέλαε Διοτρεφές,
Ménélas nourrisson-de-Jupiter,

αἴκεν ἴδηαι ἔτι ζωὸν
si tu pourrais-voir encore vivant

Ἀντίλοχον,
Antiloque,

ὀτρυνὸν δ' Ἀχιλῆϊ δαΐφρονι θᾶσσον ἰόντα,
εἰπεῖν ὅττι ῥά οἱ πολὺ φίλτατος ὤλεθ' ἑταῖρος. »   655

῝Ως ἔφατ'· οὐδ' ἀπίθησε βοὴν ἀγαθὸς Μενέλαος·
βῆ δ' ἰέναι, ὥς τίς τε λέων ἀπὸ μεσσαύλοιο,
ὅστ' ἐπεὶ ἄρ κε κάμῃσι κύνας τ' ἄνδρας τ' ἐρεθίζων,
οἵτε μιν οὐκ εἰῶσι βοῶν ἐκ πῖαρ ἑλέσθαι,
πάννυχοι ἐγρήσσοντες· ὁ δὲ κρειῶν ἐρατίζων   660
ἰθύει, ἀλλ' οὔτι πρήσσει· θαμέες γὰρ ἄκοντες
ἀντίοι ἀΐσσουσι θρασειάων ἀπὸ χειρῶν,
καιόμεναί τε δεταί, τάστε τρεῖ ἐσσύμενός περ·
ἠῶθεν δ' ἀπονόσφιν ἔβη τετιηότι θυμῷ·
ὣς ἀπὸ Πατρόκλοιο βοὴν ἀγαθὸς Μενέλαος   665
ἤϊε πόλλ' ἀέκων· περὶ γὰρ δίε μή μιν Ἀχαιοὶ
ἀργαλέῳ πρὸ φόβοιο ἕλωρ δηΐοισι λίποιεν.
Πολλὰ δὲ Μηριόνῃ τε καὶ Αἰάντεσσ' ἐπέτελλεν·

« Αἶαντ', Ἀργείων ἡγήτορε, Μηριόνη τε,
νῦν τις ἐνηείης Πατροκλῆος δειλοῖο   670

engage-le à se rendre en toute hâte auprès du belliqueux Achille
pour lui annoncer la mort de son compagnon chéri. »

Il dit; et, docile à ses ordres, le valeureux Ménélas se précipite,
comme un lion repoussé d'une étable après avoir vainement irrité les
chiens et les bergers qui, éveillés toute la nuit, empêchent le monstre
de se repaître de la graisse des bœufs; avide de chairs, il s'élance,
mais en vain; de toutes parts fond sur lui une grêle de traits lancés par
des mains audacieuses, et de toutes parts volent des torches enflammées,
devant lesquelles il recule, malgré sa rage; et, dès la pointe du jour,
il se retire, la tristesse dans le cœur : tel le valeureux Ménélas s'éloigne
de Patrocle, bien à regret; car il tremble que, troublés par une
crainte funeste, les Achéens n'abandonnent cette proie aux ennemis.
Mais, avant de s'éloigner, il s'adresse en ces termes à Mérion et aux
Ajax :

« Ajax, chefs des Argiens, et toi, Mérion, rappelez-vous maintenant
la douceur de l'infortuné Patrocle; Tant qu'il respira, il fut pour nous

υἱὸν μεγαθύμου Νέστορος·	fils du magnanime Nestor;
ὄτρυνον δὲ	et engage *celui-ci*
ἰόντα θᾶσσον	étant allé promptement
εἰπεῖν ἐχέφρονι Ἀχιλῆι	à dire au belliqueux Achille
ὅττι ῥα ἑταῖρος πολὺ φίλτατός· οἱ	que le compagnon de beaucoup le
ὄλετο. »	a péri. » [plus cher à lui
Ἔρατο ὥς·	Il dit ainsi;
Μενέλαος δὲ ἀγαθὸς βοὴν	et Ménélas brave à la guerre
οὐκ ἀπίθησε·	ne désobéit pas;
βῆ δὲ ἰέναι,	et il marcha *pour aller,*
ὡς τίς τε λέων ἀπὸ μεσσαύλοιο,	comme un lion *repoussé* d'une étable,
ὅστε ἐπεὶ ἄρ τε κάμησιν	lequel lorsque donc il s'est fatigué
ἐρεθίζων κύνας τε ἄνδρας τε,	en irritant et les chiens et les hommes,
οἵτε, ἐγρήσσοντες πάννυχοι,	qui, veillant pendant-toute-la-nuit,
οὐκ εἰῶσί μιν	ne permettent pas lui
ἐξελέσθαι πῖαρ βοῶν·	prendre la graisse des bœufs;
ὁ δὲ κρειῶν ἐρατίζων,	or lui étant-avide de chairs,
ἰθύει,	se précipite-tout-droit,
ἀλλὰ οὔτι πρήσσει·	mais il ne réussit en rien:
ἄκοντες γὰρ θαμέες	car des traits fréquents
ἀίσσουσιν ἀντίοι	s'élancent contre lui
ἀπὸ χειρῶν θρασειάων,	*partis* de mains audacieuses,
δεταί τε καιόμεναι,	et des torches enflammées,
τάστε τρεῖ,	lesquelles il craint,
ἐσσύμενός περ·	quoique étant emporté;
ἠῶθεν δὲ ἔβη ἀπονόσφιν	et dès-l'aurore il est parti loin
θυμῷ τετιηότι·	avec un cœur affligé;
ὣς Μενέλαος ἀγαθὸς βοὴν	ainsi Ménélas brave à la guerre
κίεν ἀπὸ Πατρόκλοιο	s'en allait d'auprès de Patrocle
πολλὰ ἀέκων·	tout-à-fait malgré-lui;
περίδιε γὰρ	car il craignait-beaucoup
μὴ φόβοιο ἀργαλέου	que par une crainte funeste
Ἀχαιοὶ προλίποιέν μιν	les Achéens n'abandonnassent lui
δυσμενέεσσιν.	*comme proie* aux ennemis. [ses
Ἐπέτελλε δὲ πολλὰ	Or il recommandait beaucoup de cho-
Μηριόνῃ τε καὶ Αἰάντεσσιν·	et à Mérion et aux Ajax:
« Αἴαντε, ἡγήτορε Ἀργείων,	« Ajax, chefs des Argiens,
Μηριόνῃ τε,	et *toi,* Mérion,
τις νῦν μνησάσθω	que chacun maintenant se souvienne
ἠπείης δειλοῖο Πατροκλῆος·	de la bonté de l'infortuné Patrocle;

μνησάσθω· πᾶσιν γὰρ ἐπίστατο μείλιχος εἶναι,
ζωὸς ἐών· νῦν αὖ θάνατος καὶ μοῖρα κιχάνει. »

'Ὡς ἄρα φωνήσας, ἀπέβη ξανθὸς Μενέλαος,
πάντοσε παπταίνων, ὥστ' αἰετὸς, ὅν ῥά τέ φασιν
ὀξύτατον δέρχεσθαι ὑπουρανίων πετεηνῶν,   675
ὄντε, καὶ ὑψόθ' ἐόντα, πόδας ταχὺς οὐκ ἔλαθε πτὼξ,
θάμνῳ ὑπ' ἀμφικόμῳ κατακείμενος· ἀλλά τ' ἐπ' αὐτῷ
ἔσσυτο, καί τέ μιν ὦκα λαβὼν ἐξείλετο θυμόν·
ὡς τότε σοὶ, Μενέλαε Διοτρεφὲς, ὄσσε φαεινὼ
πάντοσε δινείσθην, πολέων κατὰ ἔθνος ἑταίρων,   680
εἴ που Νέστορος υἱὸν ἔτι ζώοντα ἴδοιο.
Τὸν δὲ μάλ' αἶψ' ἐνόησε μάχης ἐπ' ἀριστερὰ πάσης,
θαρσύνονθ' ἑτάρους καὶ ἐποτρύνοντα μάχεσθαι.
Ἀγχοῦ δ' ἱστάμενος προσέφη ξανθὸς Μενέλαος·

« Ἀντίλοχ', εἰ δ', ἄγε δεῦρο, Διοτρεφὲς, ὄφρα πύθηαι   685
λυγρῆς ἀγγελίης, ἣ μὴ ὤφελλε γενέσθαι.
Ἤδη μέν σε καὶ αὐτὸν ὀίομαι εἰσορόωντα

plein de bienveillance ; mais aujourd'hui, il est au pouvoir de la mort
et de la sombre Parque. »

A ces mots, le blond Ménélas se retire, portant les regards de tous
côtés, comme l'aigle, qui, de tous les oiseaux de l'air, a, dit-on, la vue
la plus perçante, et qui, même du haut de l'espace, aperçoit un lièvre
agile, blotti dans un buisson épais, fond sur lui, le saisit aussitôt et
lui arrache la vie : ainsi, Ménélas, élève de Jupiter, tu tournes de
tous côtés tes yeux brillants sur la foule de tes nombreux compagnons
pour y découvrir si le fils de Nestor est encore vivant. Bientôt il
l'aperçoit, à la gauche du champ de bataille, rassurant ses soldats et
les excitant au combat. Le blond Ménélas s'approche d'Antiloque et
lui dit :

« Antiloque, élève de Jupiter, allons, viens ici ; viens apprendre la
triste nouvelle d'un malheur que les dieux auraient dû nous épargner.
Déjà toi-même, je le pense, tu as reconnu qu'un dieu fait peser sur

ἐπίστατο γὰρ   car il savait
εἶναι μείλιχος πᾶσιν,   être doux pour tous,
ἐὼν ζωός·   étant (lorsqu'il était) vivant ;
νῦν αὖ θάνατος καὶ μοῖρα   mais maintenant la mort et la destinée
κιχάνει. »   l'atteignent (l'ont atteint). »

Φωνήσας ἄρα ὡς,   Ayant donc parlé ainsi,
ξανθὸς Μενέλαος ἀπέβη,   le blond Ménélas se retira,
πεπταίνων πάντοσε,   jetant-les-regards de-tous-côtés,
ὥστε αἰετός,   comme un aigle,
ὃν ῥά τέ φασι   lequel certes on dit
ἔρχεσθαι ὀξύτατον   avoir-la-vue la plus perçante
πετεηνῶν ὑπουρανίων,   des oiseaux qui-volent-sous-le-ciel,
ὅντε, καὶ ἐόντα ὑψόθι,   et auquel, même étant en-haut,
οὐκ ἔλαθε   n'a pas échappé
πτὼξ ταχὺς πόδας,   un lièvre rapide des pieds,
κατακείμενος ὑπὸ θάμνῳ   étant couché sous un buisson
ἀμφικόμῳ·   à-la-haute-chevelure ;
ἀλλά τε ἔσσυτο ἐπὶ αὐτῷ,   mais il s'est élancé sur lui,
καί τε λαβὼν μιν ὦκα   et ayant saisi lui promptement
εἵλετο θυμόν·   lui a ôté la vie :
ὣς τότε ὄσσε φαεινὼ σοί,   ainsi alors les yeux brillants à toi,
Μενέλαε Διοτρεφὲς,   Ménélas nourrisson-de-Jupiter,
ἐινείσθην πάντοσε   se tournaient de-tous-côtés
κατὰ ἔθνος   à travers la foule
ἑταίρων πολέων,   de *tes* compagnons nombreux,
εἰ ἴδοιό που   *cherchant* si tu verrais quelque-part
υἱὸν Νέστορος ζώοντα ἔτι.   le fils de Nestor vivant encore.
Ἐνόησε δὲ μάλα αἶψα   Et il aperçut tout aussitôt
ἐπὶ ἀριστερὰ μάχης πάσης   vers la gauche du combat tout-entier
τὸν, θαρσύνοντα ἑτάρους   lui, rassurant *ses* compagnons
καὶ ἐποτρύνοντα μάχεσθαι.   et *les* excitant à combattre.
Ἱστάμενος δὲ ἀγχοῦ   Or se tenant près *de lui*
ξανθὸς Μενέλαος προσέφη·   le blond Ménélas *lui* dit :

« Εἰ δὲ, ἄγε, δεῦρο,   « Si *tu veux*, allons, *viens ici*,
Ἀντίλοχε Διοτρεφὲς,   Antiloque nourrisson-de-Jupiter,
ὄφρα πύθηαι   afin que tu apprennes
λυγρῆς ἀγγελίης,   une triste nouvelle,
ἣ ὤφελλε μὴ γενέσθαι.   qui aurait dû ne pas arriver.
Ἤδη μὲν ὄιομαι   Déjà à la vérité je pense
σε αὐτὸν καὶ εἰσορόωντα   toi-même aussi voyant *cela*

γιγνώσκειν ὅτι πῆμα θεὸς Δαναοῖσι κυλίνδει,
νίκη δὲ Τρώων· πέφαται δ' ὥριστος Ἀχαιῶν,
Πάτροκλος, μεγάλη δὲ ποθὴ Δαναοῖσι τέτυκται.
Ἀλλὰ σύγ' αἶψ' Ἀχιλῆϊ, θέων ἐπὶ νῆας Ἀχαιῶν,
εἰπεῖν αἴ κε τάχιστα νέκυν ἐπὶ νῆα σαώσῃ
γυμνόν· ἀτὰρ τάγε τεύχε' ἔχει κορυθαίολος Ἕκτωρ. »
　　 Ὣς ἔρατ'· Ἀντίλοχος δὲ κατέστυγε, μῦθον ἀκούσας.
Δὴν δέ μιν ἀμφασίη ἐπέων λάβε· τὼ δέ οἱ ὄσσε
δακρυόφι πλῆσθεν, θαλερὴ δέ οἱ ἔσχετο φωνή.
Ἀλλ' οὐδ' ὣς Μενελάου ἐφημοσύνης ἀμέλησε·
βῆ δὲ θέειν, τὰ δὲ τεύχε' ἀμύμονι δῶκεν ἑταίρῳ,
Λαοδόκῳ, ὅς οἱ σχεδὸν ἔστρεφε μώνυχας ἵππους.
Τὸν μὲν δακρυχέοντα πόδες φέρον ἐκ πολέμοιο,
Πηλείδῃ Ἀχιλῆϊ κακὸν ἔπος ἀγγελέοντα.
　　 Οὐδ' ἄρα σοί, Μενέλαε Διοτρεφές, ἤθελε θυμὸς

les Grecs des maux affreux, et donne la victoire aux Troyens. Le plus brave des Achéens, Patrocle, n'est plus, et sa mort est pour les Grecs un sujet de deuil et de regret. Toi du moins, vole auprès des vaisseaux des Grecs, dis à Achille qu'il se hâte de sauver son cadavre dépouillé; car ses armes sont devenues la proie d'Hector au casque étincelant. »

Il dit; et Antiloque frémit en entendant ce discours. Il reste long-temps muet de stupeur; ses yeux se remplissent de larmes, et sa voix retentissante s'arrête entrecoupée. Cependant il ne néglige point les ordres de Ménélas; il s'éloigne après avoir remis ses armes à son irréprochable compagnon, à Laodocus, qui, près de lui, dirigeait les vigoureux coursiers. Emporté dans sa course loin du combat, il va, versant des larmes, porter le triste message à Achille, fils de Pélée.

Toutefois, ô Ménélas, fils de Jupiter, tu ne veux point secourir les

γιγνώσκειν ὅτι θεὸς
κυλίνδει πῆμα Δαναοῖσι,
νίκη δὲ
Τρώων·
ἄριστος δὲ Ἀχαιῶν,
Πάτροκλος, πέφαται,
μεγάλη δὲ ποθὴ
τέτυκται Δαναοῖσιν.
Ἀλλὰ σύγε, θέων
ἐπὶ νῆας Ἀχαιῶν,
εἰπεῖν αἶψα Ἀχιλῆϊ
αἴ κε σαώσῃ τάχιστα
ἐπὶ νῆα
νέκυν γυμνόν·
ἀτὰρ Ἕκτωρ κορυθαίολος
ἔχει τάγε τεύχεα. »
	Ἔρατο ὥς·
Ἀντίλοχος δὲ κατέστυγεν,
ἀκούσας μῦθον.
Ἀμφασίη δὲ ἐπέων
λάβε μιν δήν·
τὼ δὲ ὄσσε οἱ
κλῆσθεν δακρυόφι,
φωνὴ δὲ θαλερή οἱ ἔσχετο.
Ἀλλ' οὐδὲ ὥς;
ἀμέλησεν
ἐφημοσύνης Μενελάου·
βῆ δὲ θέειν,
δῶκε δὲ τὰ τεύχεα
ἑταίρῳ ἀμύμονι,
Λαοδόκῳ, ὃς σχεδόν οἱ
ἔστρεφεν ἵππους μώνυχας.
Πόδες μὲν
φέρον ἐκ πολέμοιο
τὸν δακρυχέοντα,
ἀγγελέοντα
ἔπος κακὸν
Ἀχιλῆϊ Πηλείδῃ.
	Θυμὸς δὲ σοὶ ἄρα,
Μενέλαε Διοτρεφὲς,

reconnaître qu'un dieu
roule le malheur sur les Grecs,
et *que* la victoire
est des (aux) Troyens ;
or le meilleur des Achéens,
Patrocle, a été tué,
et un grand regret
est causé aux Grecs.
Mais toi-du-moins, courant
vers les vaisseaux des Achéens,
va dire vite à Achille
s'il pourra-sauver très-promptement
en le portant sur un vaisseau
le cadavre nu (dépouillé) ;
car Hector au-casque-varié
a les armes de *Patrocle.* »
	Il dit ainsi ;
et Antiloque frémit,
ayant entendu *ce* discours.
Or l'absence de paroles (le mutisme)
prit (tint) lui pendant-longtemps ;
et les yeux à lui
furent remplis de larmes,
et la voix forte à lui s'arrêta.
Mais pas même ainsi (malgré cela)
il ne négligea
l'ordre de Ménélas ;
et il alla *pour* courir,
mais il donna *ses* armes
à *son* compagnon irréprochable,
à Laodocus, qui près de lui
dirigeait *ses* chevaux au-dur-sabot.
Les pieds à la vérité
emportaient hors du combat
celui-ci versant-des-pleurs,
devant annoncer
une parole (nouvelle) fâcheuse
à Achille fils-de-Pélée.
	Et le cœur à toi cependant,
Ménélas nourrisson-de-Jupiter.

τειρομένοις ἑτάροισιν ἀμυνέμεν, ἔνθεν ἀπῆλθεν
Ἀντίλοχος, μεγάλη δὲ ποθὴ Πυλίοισιν ἐτύχθη·
ἀλλ' ὅγε τοῖσιν μὲν Θρασυμήδεα δῖον ἀνῆκεν,
αὐτὸς δ' αὖτ' ἐπὶ Πατρόκλῳ ἥρωϊ βεβήκει·
στῆ δὲ παρ' Αἰάντεσσι θέων, εἶθαρ δὲ προσηύδα·

« Κεῖνον μὲν δὴ νηυσὶν ἐπιπροέηκα θοῆσιν,
ἐλθεῖν εἰς Ἀχιλῆα πόδας ταχύν· οὐδέ μιν οἴω
νῦν ἰέναι, μάλα περ κεχολωμένον Ἕκτορι δίῳ·
οὐ γάρ πως ἂν γυμνὸς ἐὼν Τρώεσσι μάχοιτο.
Ἡμεῖς δ' αὐτοί περ φραζώμεθα μῆτιν ἀρίστην,
ἠμὲν ὅπως τὸν νεκρὸν ἐρύσσομεν, ἠδὲ καὶ αὐτοὶ
Τρώων ἐξ ἐνοπῆς θάνατον καὶ Κῆρα φύγωμεν. »

Τὸν δ' ἠμείβετ' ἔπειτα μέγας Τελαμώνιος Αἴας·

« Πάντα κατ' αἶσαν ἔειπες, ἀγακλεὲς ὦ Μενέλαε·
ἀλλὰ σὺ μὲν καὶ Μηριόνης ὑποδύντε μάλ' ὦκα,
νεκρὸν ἀείραντες φέρετ' ἐκ πόνου. Αὐτὰρ ὄπισθε

guerriers de Pylos qui, dans leur détresse, regrettent vivement Antiloque. Mais le fils d'Atrée place à leur tête le divin Thrasymède et retourne lui-même auprès de Patrocle. Arrivé près des Ajax, il s'arrête et leur dit aussitôt :

« Je viens d'envoyer Antiloque vers les vaisseaux légers auprès du rapide Achille; mais je ne pense pas que, malgré son violent courroux contre le divin Hector, le fils de Pélée vienne maintenant; car il ne saurait, sans armes, combattre les Troyens. Nous du moins, prenons un sage parti; voyons comment nous pourrons entraîner le cadavre, et, du milieu de ce tumulte, échapper nous-mêmes à la mort et à la sombre Parque. »

Le noble Ajax, fils de Télamon, lui répond en ces termes :

« C'est la raison même, glorieux Ménélas, qui te dicte ce langage. Toi donc et Mérion, glissez-vous adroitement, et, soulevant le cadavre, hâtez-vous de l'emporter loin du combat. Derrière vous, nous résiste-

οὐκ ἤθελεν ἀμυνέμεν
ἑτάροισι τειρομένοις,
ἔνθεν Ἀντίλοχος ἀπῆλθε,
μεγάλη δὲ ποθὴ ἐτύχθη
Πυλίοισιν·
ἀλλὰ ὅγε ἀνῆκε τοῖσι μὲν
δῖον Θρασυμήδεα,
αὐτὸς δὲ βεβήκει αὖτε
ἐπὶ ἥρωι Πατρόκλῳ·
θέων δὲ
στῆ παρὰ Αἰάντεσσι,
προσηύδα δὲ εἶθαρ·
« Ἐπιπροέηκα δὴ μὲν
κεῖνον νηυσὶ θοῇσιν,
ἐλθεῖν εἰς Ἀχιλῆα
ταχὺν πόδας·
οὐδὲ οἴω μιν
ἵναι νῦν,
κεχολωμένον περ μάλα
δίῳ Ἕκτορι·
ἐὼν γὰρ γυμνὸς
ὅπως ἂν μάχοιτο Τρώεσσιν.
Ἡμεῖς δὲ αὐτοί περ
φραζώμεθα ἀρίστην μῆτιν,
ἠμὲν ὅπως
ἐρύσσομεν τὸν νεκρόν,
ἠδὲ καὶ αὐτοὶ
φύγωμεν
ἐξ ἐνοπῆς Τρώων
θάνατον καὶ Κῆρα. »
Μέγας δὲ Αἴας Τελαμώνιος
ἠμείβετο ἔπειτα τόν·
« Εἴπες πάντα
κατὰ αἶσαν,
ὦ Μενέλαε ἀγακλεές·
ἀλλὰ σὺ μὲν καὶ Μηριόνης
ὑποδύντε μάλα ὦκα,
ἀείραντες νεκρὸν
φέρετε ἐκ πόνου.
Αὐτὰρ τοὶ

n'a point voulu porter-secours
à des compagnons épuisés,
d'l'endroit d'où Antiloque était parti,
et un grand regret a été causé
aux habitants-de-Pylos;
mais celui-ci fit-sortir pour eux
le divin Thrasymède,
et lui-même alla de nouveau
auprès du héros Patrocle;
or venant-en-courant
il s'arrêta près des Ajax,
et s'adressa-à *eux* aussitôt :
« J'ai envoyé déjà à la vérité
celui-ci vers les vaisseaux rapides,
pour aller auprès d'Achille
rapide *quant aux pieds*;
et je ne pense pas lui (Achille)
venir maintenant,
quoique étant irrité fortement
contre le divin Hector;
car étant nu (sans armes) [Troyens.
il ne combattrait nullement les
Mais nous-mêmes du moins
imaginons le meilleur parti,
et comment
nous entraînerons le mort,
et même *comment nous-mêmes*
nous échapperons
du tumulte des Troyens
à la mort et à la Destinée. »
Or le grand Ajax *fils* de-Télamon
répondit ensuite à lui;
« Tu as dit tout
selon la convenance,
ô Ménélas très-glorieux;
mais toi à la vérité et Mérion
ayant glissé-en-dessous très-vite,
ayant soulevé le mort
emportez-*le* hors du combat.
Mais nous

νῶϊ μαχησόμεθα Τρωσίν τε καὶ Ἕκτορι δίῳ,
ἴσον θυμὸν ἔχοντες, ὁμώνυμοι, οἳ τοπάρος περ   11
μίμνομεν ὀξὺν Ἄρηα παρ' ἀλλήλοισι μένοντες. »

   Ὣς ἔφαθ'· οἱ δ' ἄρα νεκρὸν ἀπὸ χθονὸς ἀγκάζοντο
ὕψι μάλα μεγάλως· ἐπὶ δ' ἴαχε λαὸς ὄπισθε
Τρωϊκὸς, ὡς εἴδοντο νέκυν αἴροντας Ἀχαιούς.
Ἴθυσαν δὲ κύνεσσιν ἐοικότες, οἵτ' ἐπὶ κάπρῳ   15
βλημένῳ ἀΐξωσι πρὸ κούρων θηρητήρων·
ἕως μὲν γάρ τε θέουσι, διαῤῥαῖσαι μεμαῶτες·
ἀλλ' ὅτε δή ῥ' ἐν τοῖσιν ἑλίξεται, ἀλκὶ πεποιθὼς,
ἂψ τ' ἀνεχώρησαν, διά τ' ἔτρεσαν ἄλλυδις ἄλλος·
ὣς Τρῶες εἵως μὲν ὁμιλαδὸν αἰὲν ἕποντο,   19
νύσσοντες ξίφεσίν τε καὶ ἔγχεσιν ἀμφιγύοισιν·
ἀλλ' ὅτε δή ῥ' Αἴαντε μεταστρεφθέντε κατ' αὐτοὺς
σταίησαν, τῶν δὲ τράπετο χρὼς, οὐδέ τις ἔτλη,
πρόσσω ἀΐξας, περὶ νεκροῦ δηριάασθαι.

rons aux Troyens et au divin Hector; nous sommes animés du même
courage, nous portons le même nom; et déjà nous avons jusqu'ici,
nous prêtant un mutuel secours, soutenu de rudes attaques. »

Il dit; Ménélas et Mérion saisissent le cadavre et le soulèvent de
terre. Derrière eux, les Troyens poussent un cri, dès qu'ils voient les
Grecs enlever les restes de Patrocle. Ils se précipitent, semblables à
des chiens qui s'élancent en avant des jeunes chasseurs sur les traces
d'un sanglier blessé; ils courent à sa poursuite, impatients de le dé-
chirer; mais lorsque l'animal, plein de confiance dans sa force, se retourne contre eux, ils reculent, et, saisis d'effroi, se dispersent de
toutes parts : ainsi les Troyens en foule poursuivaient les Grecs sans
relâche, les frappant de leurs glaives et de leurs lances à double tranchant; mais lorsque les Ajax se retournent et s'arrêtent, les Troyens
changent de couleur, aucun d'eux n'ose avancer pour leur disputer le
cadavre de Patrocle.

μαχησόμεθα ὄπισθε	nous combattrons par-derrière
Τρωσί τε καὶ δίῳ Ἕκτορι,	et les Troyens et le divin Hector,
ἔχοντες ἶσον θυμὸν,	ayant un même cœur,
ὁμώνυμοι,	ayant-le-même-nom,
εἰ τοπάρος περ	nous qui auparavant
μένοντες παρὰ ἀλλήλοισι	restant l'un près de l'autre
μίμνομεν ὀξὺν Ἄρηα. »	soutenions un vif combat. »
Ἔρατο ὣς· οἱ δὲ ἄρα	Il dit ainsi ; et ceux-ci donc
ἠγάζοντο ἀπὸ χθονὸς νεκρὸν	enlevaient de terre le mort
ὕψι μάλα μεγάλως·	en haut très-grandement ;
λαὸς δὲ Τρωϊκὸς	or le peuple des-Troyens
ἐπίαχεν ὄπισθιν,	poussa-un-cri par-derrière,
ὡς εἴδοντο Ἀχαιοὺς	dès qu'ils virent les Achéens
αἴροντας νέκυν.	enlevant le cadavre.
Ἴθυσαν δὲ	Et ils se précipitèrent-tout-droit
ἐοικότες κύνεσσιν,	ressemblant à des chiens,
οἵτε ἀΐξωσιν	qui s'élancent
ἐπὶ κάπρῳ βλημένῳ	sur un sanglier frappé (blessé)
πρὸ κούρων θηρητήρων·	en avant des jeunes chasseurs ;
θέουσι γὰρ μέν τε	car ils courent à la vérité
ἕως,	pendant-quelque-temps,
μεμαῶτες διαῤῥαῖσαι·	désirant-vivement le déchirer ;
ἀλλὰ ὅτε δή ῥα,	mais lorsque donc le sanglier,
πεποιθὼς ἀλκὶ,	étant-confiant dans sa force,
ἐλίξεται ἐν τοῖσιν,	se retourne contre eux,
ἀνεχώρησάν τε ἄψ,	et ils se retirent en arrière,
διέτρεσάν τε	et ils fuient-effrayés [côté :
ἄλλος ἄλλυδις·	l'un d'un côté, l'autre d'un-autre-
ὣς Τρῶες μὲν	ainsi les Troyens à la vérité
ἵκοντο αἰὲν ὁμιλαδὸν	suivaient toujours en-foule
ἕως,	pendant-quelque-temps,
νύσσοντες ξίφεσί τε	frappant et avec leurs épées
καὶ ἔγχεσιν	et avec leurs lances
ἀμφιγύοισιν·	qui-blessent-des-deux-côtés ;
ἀλλὰ ὅτε δή ῥα Αἴαντε	mais lorsque donc les Ajax
μεταστρεφθέντε κατὰ αὐτοὺς	s'étant retournés contre eux
σταίησαν;	se furent arrêtés,
χρὼς δὲ τῶν τράπετο,	alors la couleur d'eux changea,
οὔτις δὲ ἔτλη, ἀΐξας πρόσσω,	et aucun n'osa, s'étant élancé en avant,
ὑπειάξεσθαι περὶ νεκροῦ.	combattre au sujet du mort.

Ὣς οἵγε μεμαῶτε νέκυν φέρον ἐκ πολέμοιο   735
νῆας ἔπι γλαφυράς· ἐνὶ δὲ πτόλεμος τέτατό σφιν
ἄγριος, ἠΰτε πῦρ, τό τ' ἐπεσσύμενον πόλιν ἀνδρῶν
ὅρμενον ἐξαίφνης φλεγέθει, μινύθουσι δὲ οἶκοι
ἐν σέλαϊ μεγάλῳ· τὸ δ' ἐπιβρέμει ἲς ἀνέμοιο·
ὣς μὲν τοῖς ἵππων τε καὶ ἀνδρῶν αἰχμητάων   740
ἀζηχὴς ὀρυμαγδὸς ἐπήϊεν ἐρχομένοισιν.
Οἱ δ', ὥσθ' ἡμίονοι, κρατερὸν μένος ἀμφιβαλόντες,
ἕλκωσ' ἐξ ὄρεος κατὰ παιπαλόεσσαν ἀταρπὸν
ἢ δοκὸν, ἠὲ δόρυ μέγα νήϊον· ἐν δέ τε θυμὸς
τείρεθ' ὁμοῦ καμάτῳ τε καὶ ἱδρῷ σπευδόντεσσιν·   745
ὣς οἵγε μεμαῶτε νέκυν φέρον. Αὐτὰρ ὄπισθεν
Αἴαντ' ἰσχανέτην, ὥστε πρὼν ἰσχάνει ὕδωρ
ὑλήεις, πεδίοιο διαπρύσιον τετυχηκώς·
ὅστε καὶ ἰφθίμων ποταμῶν ἀλεγεινὰ ῥέεθρα
ἴσχει, ἄφαρ δέ τε πᾶσι ῥόον πεδίονδε τίθησι,   750
πλάζων· οὐδέ τί μιν σθένεϊ ῥηγνῦσι ῥέοντες·

Les deux héros se hâtent de l'emporter loin du champ de bataille
vers les creux navires; alors s'étend partout un combat terrible,
semblable au feu qui, soudain allumé, embrase une cité populeuse;
les maisons s'écroulent dans ce vaste incendie qu'attise encore la
violence des vents : ainsi, sur les pas de Ménélas et de Mérion qui se
retirent, s'élève un affreux tumulte de chevaux et de guerriers. De
même que des mules, faisant de vigoureux efforts, traînent du haut
d'une montagne, à travers un chemin escarpé, une poutre ou une
pièce de bois destinée à la construction d'un navire; dans leur marche
empressée, elles sont accablées par la fatigue et par la sueur : de
même les deux héros se hâtent d'emporter le corps de Patrocle.
Derrière eux cependant, les deux Ajax arrêtent les ennemis, comme
un tertre boisé, s'étendant au loin dans la plaine, retient les eaux,
s'oppose aux rapides courants de fleuves impétueux, et dirige leur
cours errant à travers la plaine; leur choc violent ne peut rompre

'Ὣς οἵγε μεμαῶτε
φέρον ἐκ πολέμοιο νέκυν
ἐπὶ νῆας γλαφυράς·
σφὶν δὲ ἐνετέτατο
πόλεμος ἄγριος, ἠΰτε πῦρ,
τό τε ἐπεσσύμενον
πόλιν ἀνδρῶν
φλεγέθει ὀρμενον ἐξαίφνης·
οἶκοι δὲ μινύθουσιν
ἐν μεγάλῳ σέλαϊ·
ἲς δὲ ἀνέμοιο
ἐπιβρέμει τό·
ὣς μὲν ὀρυμαγδὸς ἀσχής
ἵππων τε καὶ ἀνδρῶν αἰχμητάων
ἔπει τοῖς ἐρχομένοισιν.
Οἱ δὲ, ὥστε ἡμίονοι,
ἀμφιβαλόντες
μένος κρατερὸν,
ἕλκωσιν ἐξ ὄρεος
κατὰ ἀταρπὸν παιπαλόεσσαν
ἢ δοκὸν,
ἢ μέγα δόρυ νήϊον·
ἐν δέ τε θυμὸς
σπευδόντεσσι
τείρεται ὁμοῦ
καμάτῳ τε καὶ ἱδρῷ·
ὣς οἵγε μεμαῶτε
φέρον νέκυν.
Αὐτὰρ ὄπισθεν Αἴαντε
ἰσχανέτην,
ὥστε πρὼν ὑλήεις
ἰσχάνει ὕδωρ,
τετυχηκὼς πεδίοιο διαπρύσιον·
ὅστε ἴσχει
καὶ ῥέεθρα ἀλεγεινὰ
ποταμῶν ἰφθίμων,
αἶψα δέ τε, πλάζων,
τίθησι πᾶσι ῥόον πεδίονδε·
ῥέοντες δὲ
οὔτι ῥηγνῦσί μιν σθένεϊ·

Ainsi ceux-ci pleins-d'ardeur
emportaient du combat le mort
vers les vaisseaux creux ;
mais pour eux s'étendit (s'éleva)
un combat violent, comme le feu,
qui étant lancé
sur une ville d'hommes
la brûle s'étant levé soudain,
et les maisons périssent
au milieu d'une grande flamme ;
et la violence du vent
frémit-dans (fait frémir) celle-ci :
ainsi à la vérité un tumulte affreux
et de chevaux et d'hommes guerriers
poursuivait ceux-ci s'en allant.
Et ceux-ci, comme des mules,
s'étant revêtus de (ayant employé)
une force puissante,
traînent d'une montagne
à travers un chemin escarpé
ou une poutre,   [seau ;
ou une grande pièce-de-bois de-vais-
et en-dedans le cœur
à *elles* s'empressant
est accablé à la fois
et par la fatigue et par la sueur :
ainsi ceux-ci pleins-d'ardeur
emportaient le cadavre.
Mais par derrière les deux-Ajax
arrêtaient *les Troyens*,
comme un tertre boisé
arrête l'eau,
occupant la plaine au-loin ;
lequel *tertre* contient
et les courants funestes
des fleuves impétueux,
et aussitôt, *les* faisant-errer,
donne à tous un cours dans-la-plaine ;
et les courants
ne brisent nullement lui par la force :

ὡς αἰεὶ Αἴαντε μάχην ἀνέεργον ὀπίσσω
Τρώων· οἱ δ' ἅμ' ἕποντο, δύω δ' ἐν τοῖσι μάλιστα,
Αἰνείας τ' Ἀγχισιάδης καὶ φαίδιμος Ἕκτωρ.
Τῶν δ', ὥστε ψαρῶν νέφος ἔρχεται ἠὲ κολοιῶν,   755
οὖλον κεκλήγοντες, ὅτε προΐδωσιν ἰόντα
κίρκον, ὅ τε σμικρῇσι φόνον φέρει ὀρνίθεσσιν·
ὡς ἄρ' ὑπ' Αἰνείᾳ τε καὶ Ἕκτορι κοῦροι Ἀχαιῶν
οὖλον κεκλήγοντες ἴσαν, λήθοντο δὲ χάρμης.
Πολλὰ δὲ τεύχεα καλὰ πέσον περί τ' ἀμφί τε τάφρον,   760
φευγόντων Δαναῶν· πολέμου δ' οὐ γίγνετ' ἐρωή.

l'obstacle : de même les deux Ajax répriment la fureur des Troyens ; ceux-ci cependant s'acharnent à leur poursuite ; les plus ardents sont Énée, fils d'Anchise, et le brillant Hector. De même qu'une nuée d'étourneaux et de geais s'enfuit en poussant des cris aigus à la vue du faucon qui donne la mort aux petits oiseaux : de même, sous les coups d'Hector et d'Énée, les fils des Achéens s'éloignent en jetant des cris affreux, et ne songent plus à combattre. Les Grecs, dans leur fuite, laissent échapper leurs belles armes, qui tombent en grand nombre dans le fossé et sur les bords du fossé ; et le combat n'a point de relâche.

ὣς Αἴαντε ὀπίσσω	ainsi les Ajax par derrière
ἀνέεργον μάχην Τρώων·	réprimaient le combat des Troyens ;
οἱ δὲ	ceux-ci cependant
ἕποντο ἅμα,	poursuivaient en-même-temps,
δύω δὲ μάλιστα ἐν τοῖσιν,	et deux surtout parmi eux,
Αἰνείας τε Ἀγχισιάδης	et Énée fils-d'Anchise
καὶ φαίδιμος Ἕκτωρ.	et le brillant Hector.
Ὥστε δὲ ἔρχεται	Or de même que s'enfuit
νέφος ψαρῶν ἠὲ κολοιῶν,	une nuée d'étourneaux ou de geais,
κεκλήγοντες οὖλον,	en poussant-un-cri terrible,
ὅτε προΐδωσι	lorsqu'ils aperçoivent
κίρκον ἰόντα,	un faucon qui-vient,
ὅ τε φέρει φόνον	lequel porte la mort
ὀρνίθεσσι σμικρῇσιν·	aux oiseaux petits :
ὣς ἄρα κοῦροι τῶν Ἀχαιῶν	de même donc les fils des Achéens
ἴσαν	s'en allaient
ὑπὸ Αἰνείᾳ τε καὶ Ἕκτορι	sous *les coups* et d'Énée et d'Hector
κεκλήγοντες οὖλον,	en poussant-un-cri terrible,
λήθοντο δὲ χάρμης.	et ils oublièrent le combat.
Τεύχεα δὲ καλὰ	Et les armes belles
Δαναῶν φευγόντων	des Grecs fuyant
πέσον πολλὰ	tombèrent nombreuses
περί τε τάφρον ἀμφί	et dans le fossé et autour ;
οὐ δὲ γίγνετο	et il n'y avait point
ἐρωὴ πολέμου.	cessation de combat.

NOTES

SUR LE DIX-SEPTIÈME CHANT DE L'ILIADE.

—

Page 6 : 1. .... ῥεχθὲν δέ τε νήπιος ἔγνω.

Mais l'insensé ne s'instruit que par les événements.
Hésiode reproduit la même idée avec la même concision :

.... παθὼν δέ τε νήπιος ἔγνω.

L'insensé ne s'instruit que par son malheur.
Tite-Live met aussi le même langage dans la bouche de Fabius :
Stultorum magister est eventus.

Page 8 : 1. .... κατὰ στομάχοιο θέμεθλα.

...... *au fond de la gorge.*
Il est important de remarquer ici que le mot στόμαχος signifie
l'ouverture, l'orifice, le gosier, et non pas *l'estomac.* Virgile a employé *stomachus* dans le même sens :

    ...., Volat Itala cornus
    Aëra per tenerum, stomachoque infixa sub altum
    Pectus abit........
(VIRG., Énéide, IX, 697.)

Dryope succombe de même sous les coups de Clausus :

    Hic Curibus, fidens primævo corpore, Clausus
    Advenit, et rigidâ Dryopen ferit eminus hastâ
    Sub mentum, graviter pressâ, pariterque loquentis
    Vocem animamque rapit, trajecto gutture; at ille
    Fronte ferit terram, et crassum vomit ore cruorem.
(VIRG., Énéide, X, 345.)

Page 8 : 2. Οἷον δὲ τρέφει ἔρνος........

On peut rapprocher de cette peinture si poétique et si gracieuse
de l'olivier que déracine le souffle des autans, cette charmante comparaison de l'hyacinthe :

    Qualem virgineo demessum pollice florem,
    Seu mollis violæ, seu languentis hyacinthi,
    Cui neque fulgor adhuc, necdum sua forma recessit;
    Non jam mater alit tellus, viresque ministrat.
(VIRG., Énéide, XI, 68.)

Page 20 : 1. Πᾶν δέ τ' ἐπισκύνιον κάτω ἕλκεται, ὅσσε καλύπτων·

Elle (la lionne) fronce ses sourcils et voile ses yeux.
Pline a dit : *Oculorum aciem traditur defigere in terram, ne
venabula expavescat. (Histoire Naturelle, VIII, 16.)*

Page 21 : 1. Οὔτοι ἐγὼν ἔρριγα μάχην, οὐδὲ κτύπον ἵππων·

Je n'ai jamais redouté ni les batailles ni le bruit des coursiers.

La réponse de Turnus à Énée n'est pas moins noble :

.... Non me tua fervida terrent
Dicta, ferox; Di me terrent et Jupiter hostis.
(Virg., Énéide, XII, 892.)

Page 30 : 1. Ἰνδάλλετο, imparf. de ἰνδάλλομαι, qui signifie *apparaître, se montrer sous une forme sensible, et non ressembler.*

Page 32 : 1. ...... ἐπεὶ πολέμοιο νέφος περὶ πάντα καλύπτει,
'Έκτωρ,......

Un nuage de guerre nous environne de toutes parts, c'est Hector.

Cette image paraît forcée et hardie; aussi peut-on soupçonner ce vers d'interpolation.

Page 40 : 1. Αὐλόν, *le trou de la lance,* c'est-à-dire *la partie creuse du fer dans laquelle on emmanchait le bois.*

Page 42 : 1. Γύαλον, *la partie creuse c'est-à-dire bombée qui couvrait la poitrine.*

— 2. .... Ἀλλ' αὐτὸς Ἀπόλλων
Αἰνείαν ὤτρυνε,................

Dans Virgile, Apollon apparaît à Énée sous les traits du vieux Butès :

.... Ibat Apollo
Omnia longævo similis, vocemque, coloremque,
Et crines albos, et sæva sonoribus arma,
(Virg., Énéide, IX, 649.)

— 3. Κήρυκι. Les fonctions de héraut consistaient à convoquer les assemblées du peuple et à y maintenir l'ordre. Pendant la guerre, ils négociaient avec les ennemis; en temps de paix, ils prenaient soin des sacrifices et des festins. Ils étaient les messagers de Jupiter, qui les avait sous sa protection.

Page 48 : 1. Ὑπ' αἰθέρι, *en plein air,* répond à l'expression latine *sub dio.*

Page 50 : 1. Τοῖς δὲ πανημερίοις ἔριδος........

Cette lutte des Troyens et des Grecs qui se disputent les restes de Patrocle, rappelle les efforts des Latins et des Grecs :

Pro se quisque viri summâ nituntur opum vi;
Nec mora, nec requies; vasto certamine tendunt.
(Virg., Énéide, XII, 552.)

Page 56 : 1. Ἵπποι δ' Αἰακίδαο, μάχης ἀπάνευθεν ἐόντες,
κλαῖον,................................

Les coursiers d'Achille pleuraient loin du champ de bataille.
Homère développe un peu plus bas la même pensée; voici les

réflexions que fait Rollin à ce sujet : « Il n'est pas étonnant qu'Homère, qui anime les choses même insensibles, nous représente les chevaux d'Achille si affligés de la mort de Patrocle. Il les peint, après ce funeste accident, tristement immobiles, la tête penchée vers la terre, laissant traîner leurs crins sur la poussière, et versant des larmes en abondance. La description que fait Virgile de la douleur d'un cheval est plus courte et n'est pas moins vive :

> Post bellator equus, positis insignibus, Æthon
> It lacrymans, guttisque humectat grandibus ora.
>
> (Virg., Énéide, XI, 89.)

Pline parle de la sensibilité des chevaux : *Amissos lugent dominos, lacrymasque interdum desiderio fundunt.* (*Histoire Naturelle*, VIII, 64.)

Racine a dit de même sur les chevaux d'Hippolyte, en se rapprochant toutefois de nos idées modernes :

> L'œil morne maintenant et la tête baissée
> Semblaient se conformer à sa triste pensée.
>
> (Racine, *Phèdre*, acte V, sc. vi.)

Page 62 : 1. Ἐφορμηθέντε νῶϊ. Nominatif absolu.

Page 70 : 1. Ὡς εἰπὼν, ἐς δίφρον ἑλὼν ἔναρα βροτόεντα
θῆκ'.................

A ces mots, il place sur le char les dépouilles sanglantes.

De même Turnus suspend à son char la dépouille d'Amycus et de Diorès qui ont succombé sous ses coups :

> .... Curruque abscissa duorum
> Suspendit capita, et rorantia sanguine portat.
>
> (Virg., Énéide, XII, 511.)

Page 76 : 1. Καὶ τότ' ἄρα Κρονίδης......

Virgile représente aussi Jupiter armé de son égide redoutable :

> .... Arcades ipsum
> Credunt se vidisse Jovem, quum sæpe nigrantem
> Ægida concuteret dextrâ, nimbosque cieret.
>
> (Virg., Énéide, VIII, 352.)

Page 88 : 1. Ὡς ἔφατ' · Ἀντίλοχος δὲ κατέστυγε, μῦθον ἀκούσας.

Il dit ; et Antiloque frémit en entendant ce discours.

La douleur de Turnus n'est pas moins amère que celle d'Antiloque :

> Obstupuit variâ confusus imagine rerum
> Turnus, et obtutu tacito stetit : æstuat ingens
> Imo in corde pudor, mixtoque insania luctu,
> Et furiis agitatus amor, et conscia virtus.
>
> (Virg., Énéide, XII, 665.)

ARGUMENT ANALYTIQUE

DU DIX-HUITIÈME CHANT DE L'ILIADE.

Antiloque vient apporter à Achille la nouvelle de la mort de Patrocle. — Douleur profonde d'Achille, dont les gémissements retentissent jusqu'au sein des eaux. — Thétis arrive aussitôt avec les Néréides pour consoler son fils. — Le voyant animé du désir de la vengeance, elle retarde son impatience guerrière et lui promet pour le lendemain une armure fabriquée par Vulcain. — Elle renvoie toutes les Néréides et se dirige vers l'Olympe. — Pendant ce temps, le combat se ranime autour des restes de Patrocle. — Hector était déjà maître du cadavre, si, poussé par Junon, Achille n'eût jeté l'épouvante parmi les Troyens. — Aux approches de la nuit, les Grecs enlèvent le cadavre, et le portent dans la tente d'Achille. — Les Troyens se rassemblent pour délibérer. — Polydamas leur conseille de rentrer au sein de la ville et de ne pas s'exposer aux fureurs d'Achille. — Ce sage avis est repoussé par Hector. — Les Troyens veillent en armes pendant toute la nuit. — Les Grecs gémissent sur la mort de Patrocle; ils lavent le corps du héros, et le déposent sur un lit funèbre. — Pendant qu'ils se livrent à ces tristes soins, Thétis arrive au palais de Vulcain. — Accueil bienveillant que Vulcain fait à la déesse. — Vulcain forge pour Achille cet immortel bouclier, dont la description couronne la fin de ce chant.